단순한 것이 아름답다

장석주 생태 산문집

단순한 것이 아름답다

장석주 생태 산문집

문학세계사

적게 소유하라, 그리고 크게 생각하라!

미니멀 라이프를 즐겨라!

단순한 삶 속에 행복의 뿌리를 내려라!

서문

본질에 가까운 삶, 미니멀 라이프를 위하여

느리고 단순하게 산다는 것은 욕심, 광고, 마케팅, 패스트푸드, 과소비, 기만, 가짜인 것들, 현대사회를 구성하는 것들이 빚어내는 빠르고 복잡한 것들과 결별하고 단절하는 것을 뜻한다. 복잡함이 혼탁과 분열의 징후라면, 단순함은 담백하고 조촐하며, 진실과 미를 하나로 결합한다. 단순함을 금과옥조로 삼고 실천하는 삶이 단순한 삶이다. 단순한 삶은 복잡함이 판치는 세상에서 불필요한 요소들을 빼면서 참된 것을 향해 나아가고, 진정성과 실재에 바탕을 두는 방식이다. 단순함에 마음을 빼앗긴 사람이라면 살을 빼는 '다이어트'를 하기 전에 먼저 천박한 것들로 채워진 제 욕망을 비우고 버리는 '다이어트'를 할 것이다. 단순함은 욕심과 사심을 비워 내고, 무사무욕의 경지에서 홀연 나타나는 자질이다.

'단순함 예찬'은 '작은 것은 크다'라는 생각에 바탕을 두고 있다. 단순함은 깎고 덜어 내 궁극의 형태를 드러내고, 본질에 더 가까워지고자 함인데, 이는 비움으로써 비로소 가능해진다. 삶의 단순화는 내핍과 절제가 절대적으로 필요하다. 적게 갖고 적게 먹으며, 작은 욕망으로 살 줄 알아야 단순해진다. 그것의 극단은 죽음과 무無이리라. 죽음과 무는 형태의 궁극이다. 오해하지 마시라, 단순한 삶은 매끈하지도, 쾌적하지도 않다. 허리를 꼿꼿하게 세우고 공空에 전념하는 좌선이 그렇듯이 단순하게 사는 건 불편한 일이다. 불편하더라도 나는 단순한 삶을 사랑하고 꿋꿋하게 지지한다. '단순함 예찬'은 낭비 없는 삶을 예찬하고, 참된 기쁨으로 가득 찬 삶을 예찬한다.

소식小食, 작은 집, 하이쿠가 좋다. 스몰, 다이어트, 다운사이징. 세상의 흐름이 변하고 있다. 심플해지고 작아지려는 흐름이 문명의 새 패러다임이다. 작고 단순함에서 화사함과 아름다움을 새롭게 발견하려는 사람들이 늘고 있다. 단순한 것은 아름답다! 여기에는 어떤 이견이 있을 수 없다. 단순함이 아름다운 것은 단순함의 엄격한 기율과 리듬을 품을 때다. 새, 아이들, 미소, 수평선, 침묵, 고요, 무지, 시집, 여름 아침, 겨울 나무, 금식, 좌선, 연못, 수련을 좋아하는 것은 이것들이 단순해서다.

본질은 군더더기 없이 단순하고, 진리 역시 그렇다.

그동안 필요 없는 것들을 버리고 또 버려서, 마침내 단순한 삶을 얻게 된 사람들과 자발적 가난을 마다하지 않았던 그들의 삶의 방식과 사상을 만나고 깊은 감화를 받았다. 디오게네스, 노자, 장자, 석가모니, 예수, 육조 혜능, 파스칼, 헨리 데이비드 소로, 스콧 니어링, 헬렌 니어링, 간디, 도미니크 로로, 다카무라 토모야, 세스 고딘, 호사카 다카시, 피에르 쌍소, 법정 스님, 위빠싸나 수행자들, 프란체스코 수도회의 수사들, 아미쉬 사람들, 그밖의 이름 없는 의인들……. 이들이 다 스승이다! 부주의해서 빠뜨린 이름들이 있을지도 모른다. 이 스승들에게 단순함의 진리를 깨치고, 착상과 영감을 빌렸다.

미니멀 라이프minimal life는 본질에 더 가까운 삶이다. 성공과 소유의 신화를 따르는 게 아니라 가치와 충만함을 추구한다. 미니멀 라이프를 추구하는 사람은 제 안의 욕망을 비우고, 비우고, 비운다. 기필코 제 생활을 최소주의로 제한하고 생활 방식을 단순화하는데, 나는 이런 단순한 삶에 더 깊은 행복과 충만함이 깃든다는 사실을 배우고 깨달았다. 어떤 구절이 지혜와 진리의 작은 조각을 물고 반짝인다면 그건 스승들의 것이고, 우둔하고 몽매한 부분이 있다면 그건 다 내 몫이다. 이 스승들께 사랑과 경의를 바친다.

2016년 여름에

장석주

차례

1

2

3

1

넘치기보다는

부족한 듯 사는 것,

그 간소함 속에서

본질과 진리가

빛난다.

저녁이 있는 삶

한 은행의 인력 관리 본부에서 일한다는 분이 전화를 걸어 정중하게 강연 요청을 했다. 과장이나 부장 직급의 은행원들을 위한 1박 2일 사내 연수회라고 했다. 무뎌지고 닫힌 감성을 여는 좋은 강연을 부탁했다. 가을 주말 저녁, 서해안의 운치 있는 펜션에서 은행원들과 함께 하룻밤을 보내며 시를 읽고 써 보는 체험도 나쁘지는 않으리라. 기쁜 마음으로 강연 요청을 수락했다. 그들 대부분은 교과서 밖의 시를 읽어 본 적이 없다고 했다. 나는 그들과 함께 터키의 서정 시인이 감옥에서 쓴 「진정한 여행」이라는 시를 읽었다. 인생이 여행이고, 산다는 것은 하나의 여정이라고 말하는 시를.

가장 훌륭한 시는 아직 쓰이지 않았다.

가장 아름다운 노래는 아직 불리지 않았다.
최고의 날들은 아직 살지 않은 날들
가장 넓은 바다는 아직 항해 되지 않았고
가장 먼 여행은 아직 끝나지 않았다.

불멸의 춤은 아직 추어지지 않았으며
가장 빛나는 별은 아직 발견되지 않은 별
무엇을 해야 할지 더 이상 알 수 없을 때
그때 비로소 진정한 무엇인가를 할 수 있다.
어느 길로 가야 할지 더 이상 알 수 없을 때
그때가 비로소 진정한 여행의 시작이다.

— 나짐 히크메트, 「진정한 여행」

우리는 모두 지구라는 초록별의 여행자들이다. 이 여행에서 삶이 훌륭한 시가 되고, 아름다운 노래가 되길 바란다. 우리는 자주 길을 잃고, 어디로 가야 할지 몰라 우왕좌왕한다. 그렇다고 너무 실망하거나 낙담할 필요는 없다. 인생 최고의 날들은 아직 살지 않은 날들일 테니까. 짝, 짝, 짝. 강연장에 박수가 터지고 분위기는 화기애애했다. 다른 누군가 원하는 삶이 아니라 바로 우리 본성이 원하는 삶을 살아야 한다. 시가 가리키는 지점이 바로 그것이다. 시는 불멸의 춤, 빛나는 별, 최고의 날들을 노래한다. 시는 불가능한 것을 요구하고, 모든 금지를 금지하라고 외친다.

시인들은 쓸모없는 질문을 던지는 사람들이다. 파블로 네루다의 시를 보라. 전갈은 어떻게 독을 품게 되었고 거북이는 무슨 생각을 할까. 그늘이 사라지는 곳은 어딜까. 새들은 어디서 마지막 눈을 감을까. 시는 그런 쓸모없는 질문들을 던져 대고, 끝내는 아무도 얘기하지 않는 '시대의 역설'을 폭로한다. "건물은 높아졌지만 인격은 더 작아졌다. 고속도로는 넓어졌지만 시야는 더 좁아졌다. 소비는 많아졌지만 더 가난해지고 더 많은 물건을 사지만 기쁨은 줄어들었다. 집은 커졌지만 가족은 더 적어졌다. 더 편리해졌지만 시간은 더 없다. 학력은 높아졌지만 상식은 부족하고 지식은 많아졌지만 판단력은 모자라다. 전문가들은 늘어났지만 문제는 더 많아졌고 약은 많아졌지만 건강은 더 나빠졌다." 제프 딕슨이 처음 인터넷에 올리고, 이어 여러 사람이 쓴 시의 일부다.

바닷가의 가을 저녁은 빠르게 저문다. 어느덧 창문에 어둠이 그득했다. 그들의 낯빛이 눈에 띄게 어두워졌다. "생활비를 버는 법은 배웠지만 어떻게 살 것인가는 잊어버렸고, 인생을 사는 시간은 늘었지만 시간 속에 삶의 의미를 넣는 법은 상실했다." 이어지는 시구는 에두르지 않고 어두운 역설을 더 날카롭게 드러낸다. 그들의 낯빛은 더 어두워지고, 더는 박수도 나오지 않았다. 무겁고 침울한 표정으로 앉아 있는 그들에게 물었다. 왜 날이 갈수록 삶이 팍팍해질까요? 내가 물었지만 아무도 대답하지 않았다. 그들은 시무룩한 채 입을 굳게 닫고 있었다.

강연이 끝나고 시 쓰기 체험을 하는 시간을 가졌다. 시를 한 번도 써 본 적이 없는 그들이지만 명민한 시를 써냈다. 한 사람씩 쓴 시를 낭독하고, 시의 배경과 동기를 설명했다. 동료들의 시가 낭독되자 웃음과 환호성이 퍼지고, 박수가 터졌다. 맞아, 맞아! 바로 내 얘기야! 하지만 달아올랐던 분위기가 이내 가라앉았다. 누군가 메마른 삶에 대한 불만을 터뜨리고, 누군가 울음을 터뜨렸다. 그게 신호탄이었다. 몇 사람이 울음을 터뜨렸다. 자신들의 내면 상처들이 드러나자 당황하고 침울해하더니, 나중엔 격해진 감정을 추스르지 못했다. 한 집안의 가장이요, 남편이고, 아들로 산 이들, 누구보다 성실하게 제 삶을 꾸려 온 이들을 불행하게 한 것은 무엇이었을까.

많은 사람이 제 삶을 돌아보고 난 뒤 제 삶이 멍과 상처투성이라는 사실을 깨닫는다. 고액 연봉이 보장된 직장이 있지만 행복하지 않았다. 업무는 넘치고, 퇴근 시간은 늦었다. 새벽에 나와 종일 과중한 업무에 시달리다가 자정이 되어야 귀가했다. 일은 무거운 짐이다. 그 짐을 짊어지고 허덕대느라 불행하다는 것조차 자각하지 못했다. 그들에게 자기만의 저녁 시간이 없었다. 누가 그들에게서 '저녁 시간'을 빼앗아 갔을까?

성장 중독에 빠지고, 생산의 논리가 생명의 논리를 대신하는 오늘의 사회에서 우리는 한가롭고 느긋한 '저녁'을 빼앗겼다. 많이 가져도 만족이 없고, 겉으로 풍족해 보이는 삶은 속으로는 멍들고 빈곤해졌다. '저녁이 없는 삶'은 나, 가족, 행복에 등을 돌리고 멀어져 가는 시작점이다. 행복의 끝이고, 불행의 시작이었다. 낙타처럼 무거운 짐을 지고 뼈가 휘도록 일해도 행복하지 않았다. '저녁'을 빼앗긴 게 은행원들뿐이랴! 우리는 '저녁'만이 아니라 자아를 잃고 엉뚱한 곳을 헤맨다. '저녁이 있는 삶'을 빼

'저녁이 있는 삶'은

내 안의 연약한 동물이

원하는 것을 하며 사는 삶이다.

우리 안의 맑은 본성이 갈망하는

바로 그것을 따라가라!

앗아 간 범인은 타인이 아니다. 바로 우리의 탐욕과 그릇된 사고방식이 '저녁이 있는 삶'을 송두리째 앗아간다.

미국 시인 메리 올리버는 「기러기」에서 이렇게 권유한다. "당신이 꼭 좋은 사람이 되어야만 하는 것은 아니다. / 참회하며 무릎으로 기어 사막을 통과해야만 하는 것도 아니다. / 다만 당신 육체 안에 있는 그 연약한 동물이 원하는 것을 / 할 수 있게 하라." 우리는 좋은 사람이 되어야만 한다는 강박, 행복해야만 한다는 강박에 눌려 있는지도 모른다. 그래서 진짜 내가 무엇을 원하는지 망각했는지도 모른다. 원하지 않는 일을, 혹은 인위적으로 조작된 미래를 강요당하는 게 '저녁이 없는 삶'이다. 거꾸로 '저녁이 있는 삶'은 내 안의 연약한 동물이 원하는 것을 하며 사는 삶이다. 우리 안의 맑은 본성이 갈망하는 바로 그것을 따라가라! 더 사람답고 더 빛나는 삶이 바로 시적인 삶이다. '저녁이 있는 삶'은 이루어야 할 목표가 아니라 누려야 할 당연한 권리다.

물건들의 속박에서 벗어나라

덜 사고 덜 쓰며 단순하게 산다. 그게 내가 살려는 삶의 방식이다. 미술이나 문학 분야에서 미니멀리즘을 추구하는 작가들이 있는데, 그들의 목표는 예술로 이룰 수 있는 단순함의 미학을 실현하는 것이다. 절제와 고요를 추구하며 살려는 사람들은 머릿속에 미니멀리즘의 이상을 그릴 것이다. 번거로움과 복잡함에서 벗어나 최소주의를 지향하되, 아름답고 기능에 충실한 것을 딱 필요한 만큼 사서 쓴다.

복잡하다는 것은 본질에서 벗어남을 보여 주는 징후다. 어느 경우에도 본질에 충실한 삶은 단순하다. 단순함은 본질을 지향하는 간소한 생활을 한다는 것이고 나 자신이 만든 삶의 기율에 충실하다는 뜻이다. 단순하게 살고 싶은가? 그렇다면 먼저 주변에 흩어져 있는 물건들을 정리하라. 쓰지 않는 물건들은 필요가 없는 것들이다. 그것들을 과감하게 내다 버려라. "물건의 수를 줄이고 간소한 생활을 되찾는 것은 나 스스로 주체가 되는 생활로 되돌아가는 것과도 상통한다."[1] 물건들은 삶의 환경이자 삶의 일부지만, 필요 이상으로 넘칠 때 짐으로 전락한다.

나약한 정신을 가진 사람일수록 쓸모없는 물건을 버리거나 치우지 못한다. 그런 부류의 사람은 제 주변을 정리하지 못한 채 복잡함에 끌려가며 살아간다. 단순하게 살고 싶은가? 그렇다면 몸에서 잉여에 지나지 않는 지방을 빼듯이 불필요한 것들을 과감하게 버려라. 현재 사용하는 가구, 그릇, 옷, 그 밖에 물건 중에서 가장 유용하고 좋은 것들만 남겨라. 나머지 것들은 이웃에게 나눠 주거나 구호 단체에 기증하라.

쓸데없는 물건들을 치우고 나면 거실은 훨씬 넓어진다. 너른 자리를 차지한 소파를 들어내고, 불필요한 장식물들을 치워라. 외출에서 돌아와 텅 빈 거실의 정갈함에 기분이 정말 좋아진다. 정갈해진 공간은 오래 머물고 싶게 한다. 다시 물건을 채우지 않는다면 거실이 복잡하거나 난잡한 상태로 돌아갈 일이 없다. 물건을 최소화하고 살면 무엇보다도 마음이 단순해지는 기적을 맛볼 수 있다. 마음이 단순해지면 직관이 예민해지고, 물질이 가리고 있는 본질을 더 잘 투시하게 된다.

간소한 삶을 바란다면 최소의 물건들에 만족하라. 어떤 필요에서 물건들을 구매할 때 싼 것을 찾지 말고 비싸더라도 단순하면서도 기능에 충실한 것들을 사라. "반짝이는 샛별과 빛나는 태양이 그렇듯 꼭 필요한 물건은 그 본질에 충실하다. 본질에 충실한 단순한 물건일수록 품질이 높을 가능성이 크다는 점을 기억하자."[2] 십여 년 전에 꽤 비싼 캐시미어 겨울 코트를 마련했다. 디자인도 좋고, 가볍고 따뜻했다. 십 년째 그 코트를 입는다. 입을 때마다 그 코트가 늘 새 옷처럼 마음에 든다. 오래 쓸수록 멋과 품위가 있는 물건이 좋은 물건이다. 본질에 충실한 물건들은 시간이 흐를수록 그 진가를 드러낸다.

왜 단순하게 살아야 하는가? 그 이유는 매우 분명하다. 물질에 몸과 마음이 매이지 않아야만, 비로소 인생과 그 본질적 가치에 집중할 수 있기 때문이다. 소비주의에서 자유롭고 싶다면 무엇을 해야 하는가? "먼저 버려라. 단순함과 간소함 속에 삶의 진리가 숨어 있다."[3] 당신의 삶을 지금보다 더 단순화시

물건을 최소화하고

간소한 생활을 하면

물질이 가리는 본질들을

더 잘 투시하게 된다!

켜라. 넘치기보다는 부족한 듯 사는 것, 그 간소함 속에서 본질과 진리가 빛난다.

소유하는 것이 존재하는 것보다 더 중요할 수는 없다. 돈을 좇지 말라. 돈으로 비싼 물건을 살 수는 있겠지만 행복과 자유를 얻을 수는 없다. 권력이나 출세를 탐하지도 마라. 그것을 거머쥐면 한순간 우쭐할 수는 있겠지만 그 만족은 길지 않다. 삶을 단순화하되, 행복과 열정을 좇으라. 간소한 물건들에 자족하며, 자유와 기쁨을 좇으라. 짐이 되는 것들을 덜어 내고 버린 뒤 인생의 진정한 가치들에 집중하라.

집은 작은 게 좋아

세계 문명은 더 작은 것들 쪽으로 선회하고 있다. 작은 게 쓸모 있고, 더 아름답다. 정부 조직, 기업, 가전제품까지 더 작게 줄이는 것, '다운사이징downsizing'이 주목을 받는다. 스몰, 다이어트, 경량화가 문명의 새로운 패러다임이다. 스몰하우스 운동도 그 흐름의 일부다. 작은 집은 삶의 방식과 연관이 있다. 집은 살아가는 데 필요한 거처일 뿐, 그 이상은 아니다. 이제 사람들은 다른 걸 희생하면서까지 집을 갖겠다는 사고방식을 어리석다고 생각한다. 사는 데 집이 짐이 되어서는 안 된다. 제 분수보다 큰 집에서 은행에서 빌린 원금과 이자를 갚느라 허덕이며 사는 것만큼 어리석은 게 또 있을까? 이 당연한 사고방식이 공감을 얻으면서 작은 집이 새삼스럽게 주목을 받는다.

단순하게 살려면 작은 집에 살아야 한다. 작은 집은 집세나

유지비가 적게 든다. 집에 들이는 돈을 벌려고 너무 오래 일하지 않아도 된다는 뜻이다. "큰 집을 지어 환경에 부담 주는 일을 하고 싶지 않은 사람, 새로운 생활의 계기를 갖고 싶은 사람, 큰 집을 위해서가 아니라 다른 일에 돈과 시간을 쓰고 싶은 사람, 조용히 책을 읽고 사색할 공간을 갖고 싶은 사람, 그냥 작고 소박한 생활 자체를 좋아하는 사람"[4)]이라면 작은 집에 만족해야 한다. 큰 집을 소유하려는 인습적 욕망을 버리자. 가구나 물건들을 적게 소유하자. 작은 집에서는 단순한 생활만 가능하다. 물질을 좇는 삶의 방식에서 단순한 방식으로 삶을 바꿔야 한다. 단순한 삶의 질서와 아름다움을 최고의 가치로 추

구하는 신념이 필요하다. 집보다 더 중요한 게 삶이고, 그 삶에서 누리는 행복이라는 신념 말이다.

큰 집은 작은 집에 견줘 자산 가치가 크고, 부와 위세의 상징이다. 하지만 집은 자산 이전에 삶과 생명의 터전이고 사생활과 자유, 그리고 안전을 위한 보금자리다. 큰 집은 건축비, 유지비, 냉난방비, 세금이 많이 들어간다. 큰 집을 잘 건사하고 살려면 자산이 많거나 돈을 계속 벌어야 한다. 큰 집은 꼬박꼬박 돈을 집어삼킨다. 집안 청소나 낡은 데 수리하는 비용이 크게 들기 때문이다. 결과적으로 큰 집은 짐이 되고, 불가피하게 낭비적 생활 방식을 강요한다.

물질보다 마음의 평화를 더 중요하게 생각하고,

작고 소박한 생활을 좋아한다면

당신은 작은 집에 살 자격이 충분하다.

집은 작은 게 좋다. 작은 집은 당연히 유지비가 적게 든다. 작은 집을 좋아하는 것은 대량생산과 대량소비로 움직이는 현대적 생활 방식에 등을 돌리고 생태 지향적 삶의 방식으로 나가는 첫 걸음이다. 불필요한 것들을 덜어 내고 최소한도의 공간 속에서 소박하게 살려는 의지를 갖자. 욕심을 버리고 작은 집에서 사는 것은 현대 생활의 낭비와 불행에서 자유로워지는 길이다. 먼저 공허한 욕망의 덫에서 빠져나오고, 필요 없는 물건과 공간에서 자유로워지자!

여러 모로 따져 볼 때 작은 집이 더 좋다. 그 유익함은 여럿이다. "집세나 대출이 없고, 고정자산세도 내지 않는다. 필요한 전력은 태양열 집열판이 반영구적으로 공급해 준다. 음식물 쓰레기나 사용한 물은 텃밭으로 돌려보내면 되고 거창한 하수 시설도 필요 없다. 쓸 수 있는 전력이나 공간이 제한돼 있기 때문에 쓸데없는 물건을 살 일도 많지 않다."[5] 작은 집은 돈과 시간을 절약해 주고, 그만큼 더 자유를 확보해 준다. 당신은 어떤 사람인가? 물질보다 마음의 평화가 더 중요하고, 작고 소박한 생활을 더 좋아하는가? 만일 이 물음들에 네, 라고 대답할 수 있다면 당신은 작은 집에 살 자격이 충분하다.

소식小食 예찬

지난 연말 바쁘다는 핑계로 미루고 미루던 종합검진을 받았다. 금식하고 물약을 몇 번이나 들이킨 뒤 밤새 맑은 액체가 나올 때까지 설사를 했다. 장을 비우고 위와 대장 내시경 검사를 마쳤다. 얼마 뒤 병원에서 보내 준 건강검진 검사 결과지를 받았는데, 당, 콜레스테롤, 중성지방, 고지혈증 등등 건강 위험신호를 알려 주는 경고등이 켜진 걸 알았다. 집 근처 내과병원에서 다시 정밀검사를 받고, 의사에게서 식이요법과 운동요법의 처방을 받았다.

쌀밥 대신 현미밥을 먹고, 야채 위주의 식단을 꾸렸다. 양은 반 공기 이하로 줄였다. 콩을 넣은 현미밥, 된장찌개, 다시마 쌈, 브로콜리, 삶은 양배추, 아보카도 샐러드, 낫또 따위로 꾸린 집

밥을 먹는다. 입으로 들어오는 음식은 서른 번씩 씹어 넘긴다. 음식을 낱낱이 씹고 분해하며 그 맛을 충분히 느끼면서 먹는다. 밀가루 음식, 빵, 아이스크림 따위는 끊었다. 헬스클럽에 등록하고 날마다 운동을 한다. 손목에 웨어러블 기기를 차고, 날마다 만 보 이상을 걸으며, 걷는 기쁨을 오롯하게 누린다.

소박하게 먹고, 단순하게 사는 것, 그게 내 방식의 삶이다. 하루의 보람은 사과 한 알 먹는 거, 세 시간 이상 햇볕을 쬐며 걷는 거, 8시간 정도 읽고 쓰는 거, 심심함 속에 머무는 거 따위다. 그리고 이타적 생각을 하며 살기, 어제보다 더 나은 사람 되기를 실천해야 삶이 온전해진다. 한 달이 지나 다시 피검사를 했다. 몸에 어떤 변화가 일어났을까. 과연 콜레스테롤, 중성지방, 고지혈증이 정상으로 돌아오고, 공복 전후 혈당 수치는 반으로 내려갔다. 건강이 나아지고 있다는 청신호가 켜진 것이다.

누구나 무엇을 먹느냐는 문제는 어떤 방식의 삶을 사느냐와 연관된다. 먹는다는 건 외부 음식을 몸 안으로 들이는 일 이상이다. 무엇을 먹느냐에 따라 우리가 다른 사람이 되는 건 분명한 일이다. '나'는 내가 먹는 음식의 총체이니, 무엇을 먹는가는 내가 사회적, 정치적, 정서적으로 어떤 사람인가를 말해 준다. 나는 시골에 살면서 장을 보고, 직접 음식들을 만든다. 적게 먹고, 좋은 것으로 골라 먹고, 직접 요리해서 즐겁게 먹자. 그게 더 나은 삶을 위한 첫 번째 방법이다. 가공식품 대신 자연에서 구한 재료로 만든 음식을 즐기자. 나는 적게 먹는 사람이 더 건강하고, 건강한 사람이 더 행복해진다고 믿는다. 건강한 삶과 식생활 습관 사이에는 떼려야 뗄 수 없는 관계가 있다.

식사가 날마다 작은 축제라면 무엇을 먹든지 즐겁게 드시라. 먹는 것에 감각을 집중하고, 입안에 있는 7천 개 미각 돌기를 통해 그 맛의 심연까지 속속들이 가 닿아야 한다. 사과를 베어 물 때 그 맛과 향기, 색깔뿐만 아니라 '아삭' 하는 소리에 귀를 기울인다. '아삭' 하고 과육을 베어 무는 소리는 마음을 얼마나 즐겁게 하는가! 어떤 음식이든지 미각, 후각, 시각, 청각의 자각이 명석하지 못하면, 그래서 먹는 즐거움이 빈약하면, 음식을 충분히 즐긴 게 아니다. 먹는 것의 즐거움이 없는 곳에는 천국의 기쁨도 없다. 자연에서 취한 신선한 재료로 만든 것을 먹되, 오래 천천히 씹어 먹어야 한다. 천천히 씹어 먹으면 포만감 때문에 음식을 적게 먹을 수 있다.

식욕은 부, 권력, 명예를 향한 욕망과 빼닮았다. 식욕은 몸의 문제가 아니라 정신의 문제다. 사람들은 포만감이 육체의 신호라고 알지만, 그건 내면의 신호이자 정신의 판단이다. 사는 동안 불필요한 잉여의 욕망과 싸워야 한다. 그래야만 욕망에 휘둘리지 않고 건강하고 자유롭게 살 수 있다. 적게 먹는 사람은 탐욕의 싹을 타협 없이 잘라 낸다. 적게 먹는 사람이 적게 욕망한다. 한 현명한 이는 "허기지지 않을 때 먹는 건 언제든 과식이다"라고 말하는데, 귀담아들을 만한 지혜가 담긴 말이다. 간디는 소식한 사람으로 유명했는데, 그가 먹은 것은 발아밀 88그램, 으깬 채소 88그램, 부드럽게 반죽한 아몬드 페이스트 88그램, 씁쓸한 레몬 6그램, 꿀 57그램이 전부다. 왜 이렇게 적게 먹었을까? 욕망을 줄이는 걸 바른 삶의 방식으로 알고 따랐기 때문이다. 건강한 삶에는 욕망이 아니라 올바른 의지와 선택이 작동한다. 몸무게를 줄이려고 적게 먹는 게 아니라 적게 먹으려고 몸무게를 줄여야 한다.

지금 이 순간

입춘 지난 뒤 햇볕이 도타워졌다. 천지간에 음의 기세가 누그러지고 양의 기운은 퍼져 간다. 어제 산책길에서 만난 바람은 여전히 옷깃을 여미게 할 정도로 찬 기운을 품었지만 한겨울의 그것과는 미묘하게 달랐다. 잔설 녹은 자리에 복수꽃이 피고, 제주도에서는 유채꽃 소식이 날아든다. 곧 남녘 동백과 매화 가지에 꽃망울이 맺혔다는 반가운 소식이 이어질 테다. 오는 봄은 새 봄이고, 내 생에서 처음 맞는 전대미문의 봄이다. 봄 기운에 피가 더워지고, 겨우내 해묵은 김장김치에 물린 혀가 진저리를 치며 햇것을 그리워하는 것도 이즈막이다.

며칠 뒤 어머니 기일이다. 어머니는 대장암 말기에 수술을 받은 뒤 상태가 나빠져서 의식이 혼미한 가운데 산소호흡기를

달고 연명 치료를 받다가 돌아가셨다. 생의 마지막 두 달을 요양병원 중환자실에서 보내셨다. 아버지가 돌아가신 뒤 어머니는 시골로 내려와 10여 년을 나이 든 장남과 함께 보냈다. 장남은 과묵한 사람이고 그게 지나쳐 무뚝뚝하다 할 정도로 말수가 드문 사람이었으니, 어머니의 여생은 말벗 없이 쓸쓸했다. 그 쓸쓸함이 한기寒氣와 같이 뼛속까지 스며 몸서리치곤 하셨다. 나중엔 무뚝뚝한 장남 보기를 돌같이 하시며, 텃밭에 채소를 가꾸고 들깨를 심고 거두는 것을 보람으로 삼아 부지런히 수족을 놀리며 지내셨다.

옛 어른들은 남에게 제 자식을 일컬을 때 '견돈犬豚', 혹은 '돈아豚兒'라고 했다. 제 자식을 부르면서는 개돼지, 혹은 돼지새끼라고 비하하는 호칭을 쓴 반면 남의 자식에겐 '영윤令胤'이나 '영애令愛'라는 한껏 높임말을 썼다. 제 자식을 사랑하지 않음에서가 아니라 『명심보감』의 「준례편」에 나오는 대로 "아버지는 자식의 덕을 언급하지 않는다"는 예를 따르고, 겸양지덕을 지킨 것이다. 내 부모도 자식 사랑을 드러내 놓는 쪽은 아니었다. 철없던 젊은 시절 그게 은근히 불만이기는 했다. 저는 최선을 다했어요. 이만하면 잘하지 않았나요. 내 부모 역시 내심 자식을 자랑스러워 했을지 모르나 입 밖으로 낸 적은 없다.

마흔 줄 들어서며 나는 부모에게 고분고분하지 않았다. 어머니는 늙은 아들의 섭생을 염려하며 끼니 때마다 따뜻한 밥을 차리셨다. 더러는 입맛을 고려해 만두를 빚거나 국수를 끓이고, 동지에는 팥죽을 쑤었다. 나는 군말없이 그 음식들을 꾸역꾸역 먹었으나 고맙다는 인사는 하지 않았다. 차라리 데면데면 한 편이었다. 지금 돌이켜 보면 막심한 불효였다. 어머니가 돌아가신 뒤 정 많은 여동생들은 애가 끊긴 듯 몸부림치며 비통한 울음을 쏟아 냈으나, 나는 끝내 울음을 보이지 않았다. 상을 치른 뒤 겨우 이런 적막한 시나 한 편 지었을 뿐이다. "어머니 상喪 치른 뒤 / 보름 지나고, // 모란은 아직 일러 땅속에서 웃고 있는데, // 가스불은 끄고 / 형광등은 켜고 // 한밤중 널따란 부엌에 / 우두커니 앉은 / 웬 늙고 낯선 남자, // 마두금馬頭琴이 없으니 / 삶은 계란을 세 개째 먹는 중이다."(졸시, 「한밤중 부엌」) 어머니를 잃은 내 슬픔은 표현되지 않는 슬픔, 저 밑바닥에 고요히 흐르는 슬픔이었다.

어머니 없이 맞는 세 번째 봄이다. 불현듯 아버지 생각이 나

가장 중요한 때는 지금 이 시간이며,

가장 중요한 일은 지금 하고 있는 일이며,

가장 중요한 사람은 지금 만나고 있는 사람이다.

고 어머니가 그리워지는 건 뒤늦게 철든 탓일까. 간고등어와 김장김치를 올리고 햇살로 지은 밥을 얹은 늦은 저녁상을 앞에 두니 어머니와 둘이 함께 한 적막한 식사 광경이 떠오른다. 그때 어리석게도 어머니가 떠나리라는 생각을 하지 못했다. 내 살과 체액 속에 어머니는 살아 있지만, 어머니는 내 곁에 없다. 오늘 그게 뼈아프게 슬프다. 내 실수는 평범한 것, 즉 "당신에게 가장 중요한 때는 지금 이 시간이며, 당신에게 가장 중요한 일은 지금 하고 있는 일이며, 당신에게 가장 중요한 사람은 지금 만나고 있는 사람이다"(레프 톨스토이, 1828~1910)라는 사실을 망각한 것이다. 우리는 그 중요한 '지금'을 놓치면서 산다. 우리는 중요한 것은 지금 하고 있는 일이고, 중요한 사람은 지금 만나는 그 사람이라는 사실을 놓치고, 항상 뒤늦게 후회한다.

종달새의 노랫소리를 들어라

버드나무 가지에 물이 오르고 가지마다 매달린 잎들은 연녹색이다. 호수의 넘실대는 물은 푸르고, 영산홍은 붉다. 공중에는 종달새가 높이 떴다. 어느 맑고 따스한 봄날이다. 봄날의 평화를 완성하는 것은 바로 종달새의 청아한 울음소리다. 공중에 제 맑은 울음소리를 뿌리는 종달새는 그 울음소리로써 생명의 약동을 노래한다. 종달새의 울음소리는 이 세계가 죽은 것들, 바위나 꺾여 죽은 나뭇가지, 고압선 철주나 콘크리트 건축물들, 이런 부동하는 딱딱한 사물들의 세계가 아니라 뛰고 날며 움직이는 생명들의 세계라는 걸 노래한다. 종달새의 노래를 들으며 우리가 말랑말랑한 생명의 놀라움과 기쁨으로 가득 찬 우주의 일원이라는 사실을 깨닫는다.

종달새의 울음소리를 듣고 시인은 "반짝이는 울음의 의상衣裳을 보아라"(문태준, 「종다리」)라고 적는다. 시인은 무미의 초연함 속에서 시가 번쩍, 나타나는 찰나를 붙잡는다! 종달새의 울음소리는 어떤 형이상학적 암시도 주지 않는다. 세계의 찰나, 생명의 기척만을 드러낸다. 아무런 심연도 갖지 않은 찰나의 반짝임으로써 영원성의 덧없음을 암시할 따름이다. 귓바퀴에 편종編鐘처럼 맑게 울리는 종달새의 울음을 울음의 반짝이는 의상으로, 즉 청각적 이미지를 시각적 이미지로 바꿔 내는 이 능력이 바로 시인의 울트라 상상력이다. 이 한 구절은 100권의 시집에 실린 1,000편의 시가 실어오는 의미의 비중과 맞먹는다.

시골에 살다 보니, 세상에 새들이 얼마나 많은가를 새삼 깨닫는다. 봄 여름 가을 겨울 할 것 없이 뭇새들이 집 안팎으로 날아든다. 동고비, 곤줄박이, 붉은머리오목눈이, 쇠박새, 노랑텃멧새, 되새, 노랑할미새, 방울새, 꾀꼬리, 뻐꾹새, 쑥국새, 딱따구리, 멧비둘기, 쇠찌르레기, 물까치……. 새들의 살림 규모야 알 수 없지만, 내가 본 바에 따르면, 새들은 씨를 뿌리지도 않고 거두지도 않는데, 잘 먹고 잘 산다. 신기한 일이다. 새들은 자린고비처럼 절약하는 알뜰한 살림꾼들이고, 사랑스런 난

봉꾼들이다!

한편으로 새들은 자연의 금욕주의자들이다. 새들은 적게 먹고 적게 배설한다. 자연에서 낭비란 범죄라는 사실을 깨닫고 있는 부류다. 새들은 날기 위해서 제 뼛속까지 비운다. "벌집은 최소한의 밀랍으로 그것을 가장 튼튼하게 받칠 수 있는 각도로 만들어져 있다. 새의 뼈나 깃은 최소한의 체중으로 가장 큰 힘을 날개에 실을 수 있도록 되어 있다."[6] 놀랍지 않은가? 자연은 낭비를 배제하는 방식으로 진화했다. 새들은 제 욕망을 채우느라 삶을 잃는 어리석음에 빠지지 않는다. 새들은 당장에 없는 미래의 근심과 불행 때문에 노래를 쉬는 법이 없다.

적게 먹고 적게 배설하는 새들이 불행하다는 증거는 없다. 제 뼛속까지 비웠다고 새들이 행복하지 않다는 증거도 없다. 새들은 잘 먹고 잘 산다. 필요 이상으로 더 많은 것을 소유하고자 할 때, 탐욕을 버리지 못할 때 사람은 불행해진다. 그 증거는 수백 개도 더 넘는다. 꼭 필요한 것보다 더 많은 물건들을 소유하고 사는 것은 불행한 일이다. 그들은 잉여의 물건들에 속박당한다. 그런 점에서 나는 최소한도의 소유에 만족하며 사는 새들을 질투한다. 질투에 눈이 멀어 천진난만한 존재들의 명성에 공연히 흠집을 내보는 것이다. 사소한 것들을 빌미 삼아 트집을 잡고 시비를 건다.

새, 어떤 규율도 따르지 않는 무리.
새, 허공의 영재英才들.
새, 깃털 붙인 질항아리.
새, 작고 가벼운 혈액 보관함.
새, 고양이와 바람 사이의 사생아.
새, 공중을 오가는 작은 범선.
새, 지구의 중력장을 망가뜨린 난봉꾼.
새, 떠돌이 풍각쟁이.
새, 살찐 자들을 부끄럽게 만드는 가벼운 육체.
새, 뼛속까지 비운 유목민들.
새, 똥오줌 아무 데나 싸갈기는 후레자식.
새, 국민건강의료보험 미불입자.

— 졸시, 「새」

새를 두고 질투에 눈이 멀어 내가 늘어놓은 트집들이다. 새는 허공의 영재들이지만 규율을 잘 따르지 않는다. 새들은 난

봉꾼이자 풍각쟁이들이다. 새들은 국민연금이나 의료보험 미불입자들이다. 새들은 최저생계비로 살아간다.

다른 사람의 마음에 있는 상상의 삶을 갈망하지 마라. 아직 오지도 않은 내일의 일들에 대한 근심을 품는 어리석음에도 빠지지 마라. 자연의 낙천주의자들인 새들을 보고 깨닫느니, 돈이 적을수록 골칫거리도 적고, 바라는 것이 적을수록 불행의 부피도 줄어든다. 아빌라의 성 데레사는 말한다. "가진 것이 가장 적었을 때 걱정거리도 가장 없었다. 감히 말하노니, 부족할 때보다는 풍족했을 때 더 괴로움이 많았던 것을 신은 알고 계신다."[7] 적게 가지면 괴로움도 작고, 바라는 것이 작으면 불안과 두려움도 준다. 많이 가지면 괴로움도 덩달아 커진다. 많은 것은 작은 것이요, 작은 것은 크다.

작게, 더 작게

옛날에는 크다는 게 성공의 한 징표였다. 너도나도 큰 것을 좇고, 더 많이 소유하려고 노력했다. 그 패러다임은 낡았다. 규모의 경제 시대에나 통용되던 잣대다. 패러다임이 바뀌었다. 작은 것이 더 좋다. '작게 사는 것'이 더 큰 삶이다. 나는 외식을 해야 할 때 동네의 작은 식당을 찾아간다. 테이블 몇 개밖에 없지만 음식은 정갈하다. 식당은 나이프와 포크들이 내는 소리가 크게 울릴 정도로 조용하고 주인은 모든 이들에게 친절하다. 주인은 나를 기억하고 있어서 그곳을 찾을 때마다 반가운 미소로 대한다. 나는 손님들이 복닥대게 붐비는 대형 레스토랑을 좋아하지 않는다. 그런 업소의 종업원들은 나를 전혀 기억하지 못한다. 그들의 친절은 의례적이고, 언제나 나를 수많은 고객 중의 하나로 대한다.

20대 후반, 뜻한 바 대로 출판사를 설립하고 경영을 했다. 출판사는 번창했다. 매출이 늘자 일도 많아졌다. 직원이 늘고, 출판사 규모도 커졌다. 두 명이었던 직원이 십 년쯤 지나자 서른 명으로 늘었다. 일과 규모가 감당할 수 없게 커지고, 출판사 경영이 복잡해지면서 내가 감당할 수 있는 범주를 넘어섰다. 열심히 한다고 해서 될 일이 아니었다. 힘에 부쳐 결국 출판사를 접었다. 후회했지만, 이미 늦었다. 출판사의 규모를 키우지 않고, 직원을 그토록 늘리지 않았더라면, 실패도 없었을 것이다.

작은 것을 추구하라! 그게 실패에서 얻은 귀중한 지혜다. 작은 것을 추구하는 것은 일이나 조직에서 잉여를 덜어 내고 최적화된 상태를 유지한다는 뜻이다. 작은 것의 심미적 실현이 곧 자발적 가난의 원칙을 따르는 삶이다. 작은 집에서 최소한도의 물건들을 소유하고 단순하게, 적게 먹으며 사는 삶이다. 그것은 많이 소비하고 낭비했던 습관으로 인해 더러워진 양심을 정화하는 삶의 방식이다. 자발적 가난은 능력이 없기 때문이 아니다. 간절히 원하기 때문에 그렇게 사는 삶이다.

건축가 루트비히 미스 반데어로에는 "더 적음이 더 많은 것

단순하게 살려면 모든 것을 작게, 더 작게 하라.

그릇이 작아야만 음식도 더 작게 담을 수 있다.

음식이든 인생이든 마찬가지다.

최소 규모의 삶에 최대의 행복이 깃든다.

이다"[8]라고 말한다. 더 적음이 더 많다는 사실은 지혜로운 통찰이다. 몽매한 대중은 도무지 그 진리를 받아들이지 못한다. 작은 살림을 꾸리되, 생각은 고매하게 한다. 작게 산다고 생각마저 작게 할 필요는 없다. 줄여라. 더 비워 내라. 집이나 물건들뿐만 아니라, 소비 규모, 인간관계들, 인생을 '다운사이징'하라. 낭비 없는 삶을 살려면 작게, 더 작게 규모를 줄이는 일은 반드시 필요하다.

나이가 들수록 인생의 '다운사이징'이 필요하다. 나이 들수록 기력이 줄어드니 큰 것들을 감당해 내는 일이 점점 더 힘들어지는 까닭이다. "인생 전반전이 더 큰 집, 더 큰 차, 더 많은 것을 소유하기 위해 '성공'이라는 오르막길을 열심히 좇는 기간이었다면 인생 후반전은 소유가 아닌 '의미'를 찾아 내려가는 여행이다."[9] 집을 줄이고, 의식주를 간소하게 하라. 물건도 필요한 것만 두고 다 정리하라. 노년은 인생의 내리막길이다. 이제 욕심을 부려 무엇을 채우기보다는 점점 자신을 비우는 게 맞다. 비움이야말로 나이든 자가 따라야 할 지혜다. 버리고 비운 뒤 자유를 누려라.

큰 것만을 좇던 시대의 습관에서 벗어나야 제대로 된 삶을 살 수가 있다. 더 큰 삶을 위한 지출과 소비를 절제하라. 최소의 소유로 최대의 행복을 누리는 법은 '작게 사는 것'이다. 더 단순하게 살라. 그러나 생각은 크게 품어라. 더 많이 비우고 덜어 내라. 단순하게 살려면 모든 것을 작게, 더 작게 하라. 그릇이 작아야만 음식도 더 작게 담을 수 있다. 음식이든, 인생이든 마찬가지다. 당신의 인생 자체를 '다운사우징' 하라. 최소 규모의 삶에 최대의 행복이 깃들기를 갈망하라.

적게 소유하는 기쁨

집은 가족이 먹고 자고 얘기하며 생을 일구는 생명-공간이다. 갓난아이는 엄마의 품에서 젖을 빨며 재롱을 떨고, 나날이 쑥쑥 자라난다. 기둥에는 아이들이 키를 잰 눈금들이 있다. 아이들이 분가를 한 뒤에도 집은 노년을 맞은 부모들의 안식처로 남는다. 사람은 집에서 생을 시작하고 집에서 생을 마감한다. 집은 물리적 거주지, 심리적인 휴식처, 치유의 공간, 피난처다. 집은 안락하고 안전하며 감정적 필요에 부응하는 쓸모 있는 장소여야 한다. 그래야만 소진된 몸과 영혼을 재충전하는 제 구실에 충실할 수 있다. 가장 좋은 집은 활력과 영감이 넘치는 건강한 삶의 공간이다.

집이 가구와 물건들로 꽉 채워졌다면 공간은 그만큼 줄어든

소유와 물질로 가는
욕망을 끊고,
몸과 마음을 단순화하면
훨씬 더 살 만해질 것이다.

다. 물건들이 주인 노릇을 해서는 안 된다. 가구들과 물건들이 많다면 더 큰 집이 필요하다. 큰 집은 고가高價다. 대개는 큰돈을 융자받아 집을 마련한다. 그리고 은행의 채무자가 되어 원금과 이자를 갚기 위해 뼈가 빠지도록 일을 한다. 왜 그렇게 살아야 하는가?

날기 위해 뼛속까지 비운 새들이 그렇듯이 현자 디오게네스도 뼛속까지 비운다. 그에겐 낡은 배낭과 옷, 물에 적신 보리빵, 땅에 꽂을 막대기, 진흙을 구워 만든 컵밖에 없었다. 그게 살아가는 데 필요한 전부라고 여겼다. 어느 날 한 시골 아이가 옹달샘에서 두 손을 모아 물을 떠먹는 것을 본 뒤 "물을 떠먹을 두 손이 있는데, 이따위 컵이 무슨 소용이 있는가?"라며, 진흙으로 만든 컵을 내던졌다. 우리는 왜 디오게네스처럼 살 수 없는가?

누군가는 살아가는 데 물건들이 필요하지 않냐고 볼멘소리로 따진다. 맞다. 하지만 꼭 필요한 물건들만 갖고 사는 것은 아니다. 집안을 둘러보라. 1년이 지나도록 한 번도 쓰지 않은 물건들이 구석구석에 널려 있다. 장롱은 몇 년 동안 한 번도 꺼내 입지 않은 옷들로 채워져 있다. 입지도 않는 옷들을 갖고 있어야 할 까닭이 무엇인가?

이제 생각을 바꾸자. 집을 가꾸고 꾸미는 데도 미니멀리즘의 원칙이 필요하다. 물건들을 치우고 버려서 여백을 만들자. 집안에 여백이 많아지면 작은 물건도 그 존재감이 또렷해진다. 반대로 물건들로 가득 찬 공간에서는 귀한 물건도 눈에 띄지 않는다. 작은 소파, 탁자, 책 몇 권, 거실은 그것만으로 충분하다. 최소한도의 물건이 놓인 거실은 마치 공간이 숨을 쉬고 생기를 내뿜는 듯하다. 텅 빈 거실에 비친 한줄기 햇빛은 얼마나 정갈한가!

더 작게 소유하라! 탈소유, 무소유의 기쁨을 누리며 살자! 더 작은 집에 사는 대신에 더 많은 자유를 누리자. 필요 없는 물건들은 누구에겐가 양도하자. 언젠가 쓸 물건이란 대개 앞으로도 별 쓸모가 없는 것이다. 당장 필요가 없다면 과감하게 내다버리자. 집안이 잡동사니로 뒤엉켜 복잡하다면 인생도 복잡해진다. 단순한 삶을 살고 싶다면 집안의 물건들을 버리자. 단순한 삶에 그토록 많은 것들이 필요할 리가 없다.

작은 것이 크다

추석이 지나고 곧 추분이다. 낮이 짧아지고 밤은 길어진다. 여름 내내 작열하던 태양이 사라지고, 유순한 그림자들이 길어진다. 공기가 싸늘하게 식은 가을의 밤들이 이어질 때 여름 태양이 사라졌다고 슬퍼할까? 그럴 필요까지는 없다. 인도 시인 타고르는 "태양을 잃었다고 울지 마라, 눈물이 앞을 가려 별을 볼 수 없게 된다"라고 노래한다.

하나를 잃으면 하나를 얻는 법이다. 슬퍼할 필요는 없다. 풀섶에서 뒷다리가 통통해진 개구리가 튀고, 대추나무 가지의 대추들은 붉고 둥글게 익어 간다. 금광호수의 물빛은 푸르러지고, 햇빛을 투과해 내는 단풍잎 때깔은 얼마나 고운지! 넋을 잃은 채 단풍나무를 한참 바라본다. 곧 눈과 얼음의 계절이 닥친다. 가을의 초목과 누리에 쏟아지는 금싸라기 햇빛이 귀하게 느껴진다. 낮 동안은 더 많이 햇빛 속에서 걷고 움직이려고 애쓴다. 해가 빨리 지는 만큼 낮 시간이 줄어드니, 시간을 자린고비처럼 아껴야 한다. 그렇지 않으면 낭패를 당한다.

추석 연휴에 도미니크 로로의『지극히 적게』와 다카무라 도모야의『작은 집을 권하다』를 느릿느릿 읽었다. 두 책은 충만하게 살기 위해 우리가 무엇을 하고 무엇을 하지 말아야 할 것인지를 분별하고, 작은 것의 옹골참과 갸륵함을, 작은 것에 배인 윤리적 미학을 찬미한다. 인생에 보약이 될 만한 깨우침을 담은 책들을 읽고 나니, 의식이 성장한 느낌이 들어 뿌듯하다. 더 큰 것을 욕망하고 미친 듯이 소비하는 이 시대에 '작은 것'이야말로 인류 존속을 위한 귀중한 가치라는 걸 새삼 깨달았다. 그래, 비울수록 충만해지고 적게 가질수록 자유로워지는 것을! 도모야나 로로는 밝은 눈으로 삶의 이모저모를 따지고 짚으며, 성취와 소유를 향한 질주를 당장 멈추라고 말한다. 고대의 현인 세네카는 "지금이라도 제대로 살아라. 하루하루를 단 한 번뿐인 인생인 것처럼 생각하라"라고 말한다.

소비는 삶의 전면부에 걸쳐 나타난다. 날마다 물과 전기를 쓰고, 옷을 사 입으며, 마트에서 식품들을 사들인다. 먹고 사는 일상은 필연적으로 소비를 기반으로 한다. 오늘의 삶은 불가피하게 소비에 기댄다. 문제는 현명한 소비다. 어떻게 현명한 소비를 할 수 있을까? 과소비는 인생을 낭비로 이끈다. 잘 사는 사람들은 적게 먹고, 적게 쓴다. 적게 먹고 적게 쓴다면 적게 벌어도 부족하지 않다. 물건이 많아질수록 행복이 느는 건 아니다. 물건이 많아야 행복해진다는 어리석은 생각은 기업과 미디어들이 합작해서 만든 망상이요 욕망의 허상이다. 물건을 소유하려면 돈을 벌어야 하고, 그러려면 일해야 하고, 일에 매이면 가족과 지내는 시간, 책 읽고 여행할 시간은 사라진다. 나를 위한 시간을 희생한 대가로 갈망하는 것을 가졌을 때 약간의 기쁨과 보람은 있다. 하지만 그것은 오래가지 않는다. 소유의 만족감이 시들해지면 권태에 사로잡힌다. 갈망했던 것들이 늘어나는 근심을 해결해 주는 기적은 일어나지 않는다.

큰 집이 좋다는 것은 낡은 패러다임이다. 집의 크기는 행복과 아무 상관이 없다. 큰 집은 집세나 융자는 물론이거니와 난방비나 세금 따위 부담을 늘릴 뿐이다. 큰 집은 청소하기도 힘들고, 관리하는 데도 돈과 시간이 더 많이 든다. 큰 집을 골칫덩어리로 여기는 사람이 늘었다. 큰 집이 자랑거리인 시대가 가고 있다. 『작은 집을 권하다』는 주거와 삶에 관한 근본을 성찰하는데, 이 책을 읽고 난 뒤 '작은 집'이 좋다는 확신이 더 단단해진다. 토모야는 "기능이 최대한 응축된, 실용적이고 정갈한 집이 더 스마트하고 매력적으로 여겨지는 추세"이고, 집을 줄이면 더 나은 삶을 위해 투자할 수 있는 시간과 여유가 생긴다고 설득한다. "자신만의 전용 우주"로 꾸민 작은 공간은 "남들은 절대로 알 수 없는 기억과 경험과 상상의 세계, 당장에라도 폭발할 것 같은 자유, 그리고 그것들을 묶어 한 인간으로서의 동일성을 유지하고 있는 '자아'라는 존재"를 온전하게 살도록 한다. 큰 집을 선호한 것은 진정한 필요 때문이 아니라 그것이 부와 지위의 표상으로 작용하기 때문이다. 작은 집이 경제적이나 생태적인 측면에서 여러 모로 유익하다는 걸 깨닫고 집을 줄이려고 하는 사람이 느는 것은 다행한 일이다.

작은 것이 단순하고 아름답다. 나는 공허한 욕망들을 내려놓고 낭비없이 꾸리며 사는 삶을 원한다. '작은 집'에서 '지극히 적게' 쓰면서 살자. 많이 만들고 많이 파는 게 경제를 부흥시키는 것이라고 외치는 소비시장주의 체제의 뻔뻔함에 맞서 저항하라! 번잡한 욕망을 낳는 마음을 떠받들지 말고, 마음을 굶겨라! 이게 심재心齋인데, '마음굶김'은 장자 철학의 한 핵심이다. 소유와 물질로 가는 욕망을 끊고, 몸과 마음을 단순화하면 훨씬 더 살 만해진다. 욕망은 집착을 낳는다. 집착에서 벗어나면 자유로워진다. 욕망에 휘둘리지 않으면 피로감 따위도 사라진다. 굶기고 비운 마음자리에 활기찬 생명력이 들어차는 까닭이다. 단순한 것이 아름답고, 작은 것이 크다!

단순함 예찬

우리는 지구라는 숨이 막힐 듯 아름다운 녹색 별을 여행한다. 푸른 궁륭을 머리에 이고 계절마다 바뀌는 별자리를 관찰할 수 있는 이 녹색 별에서 여행자로 반생半生을 살아 보니, 대체로 좋았다. 사랑할 만한 것들이 많고, 나를 사랑해 주는 존재들도 많았다. 지구별 여행자로 겪은 삶의 과정들, 즉 탄생과 성장과 사랑과 병과 나이 듦은 물론이거니와 미래에 겪을 죽음마저도 다 기적이다! 이 녹색 별은 비 오고, 꽃들이 철마다 피어나고, 새들이 숲속에서 노래하고, 번개가 치는 경이로움으로 가득 차 있다. 이 녹색 별에서 산다는 것은 한 마디로 놀라운 일이다! 생각의 용적은 우주의 광대한 용적容積에 비례한다. 우리가 들숨과 날숨을 쉬며 살아 있는 동안은 마법의 순간이다.

나는 광산의 카나리아도, 잠수함의 토끼도 아니다. 나는 날마다 사과 한 알씩을 먹고, 책을 읽고 글을 쓰며, 햇볕을 쬐며 걷고, 늘 어떻게 살아야 바르게 사는 것인지를 생각한다. 나는 우주를 채운 암흑 에너지와 우주가 어떻게 친생명적인 공간으로 진화했는지를 생각한다. 나는 우주 끈, 라디온, 디지피DGP 중력, 가우스-보네 중력, 타키온, 제곱 법칙 팽창, 유령 케이K—에센스, 벡터 암흑 에너지, 딜라톤의 유령 응축 암흑 에너지, 제5원 말다세나—마오츠 암흑 에너지, 초 제5원, 진공 메타이상변이[10]에 대해 생각한다. 나는 날마다 23,040회 호흡하고, 12입방미터의 공기를 마셨다가 뱉는다. 해가 떠 있을 때 보고, 만지며, 냄새 맡고, 듣는다. 날마다 눈 뜨고 바라보는 이 세상은 온통 감각의 황홀경이다. 달, 숲, 바람, 반딧불이, 깃털, 펜, 잉크, 종이, 책, 부채, 물방울, 빨래집게, 자전거, 오솔길, 은하수, 홍차, 하이쿠, 선禪, 소식小食, 작은 집같이 존재감이 미약한 것들을 사랑한다.

몇 줄에 우주를 담는 시는 얼마나 작고 단순한가! 시는 맹목의 확장과 대량생산, 더 많은 소비와 낭비에 맞서는 금욕과 무욕의 미학으로 단단해진다. 찰나들이 번쩍인다. 그 번개들은 본질이 내뿜는 빛이고, 지혜의 집약에서 터져 나오는 광채다.

작고 단순한 것들은 취약해서 멸종되기 쉽다. 짓밟으면 짓밟히고, 죽이면 죽는다. 미약한 것들이 크고 우람찬 것들을 향해 부르는 애소哀訴의 노래에 귀 기울여야 한다. 작은 개체들이 사라지는 것은 인류 멸종의 시작점일지도 모른다. 암, 불임, 유전자 손상 따위는 인류에게 나타난 멸종 징후들이다. 작은 집, 소식小食, 시 같은 것들은 작아서 더 갸륵하다. 작고 단순한 것들을 사랑하고, 그것들의 외침에 더 자주 귀 기울여 한다.

자주 헨리 데이비드 소로의 『월든』을 읽는다. 처음부터 끝까지 읽는 게 아니다. 아무 페이지고 펼쳐서 읽어 나가면 마음이 다시 차분해진다. 오늘은 다음 부분을 읽었다. "감히 말하지만, 새 옷이 필요한 모든 사업을 경계하라. ……헌 옷이 누더기고 더럽더라도 새 옷을 구해서는 안 된다. 반듯하게 처신하며 올바로 기업을 운영하거나 먼 길을 항해한 까닭에 옷을 입은 새 사람이라는 기분이 들거나, 헌 옷을 계속 입는 것이 낡은 부대에 새 포도주를 담은 기분이 들 때까지 새 옷을 사서는 안 된다. 조류가 털갈이를 하듯 우리가 털갈이를 할 때는 우리 삶에 위기를 맞은 때다. 물새는 한적한 호수에 숨어들어 가 털갈이를 하며 시간을 보낸다. 따라서 내부의 노력과 확장으로 뱀

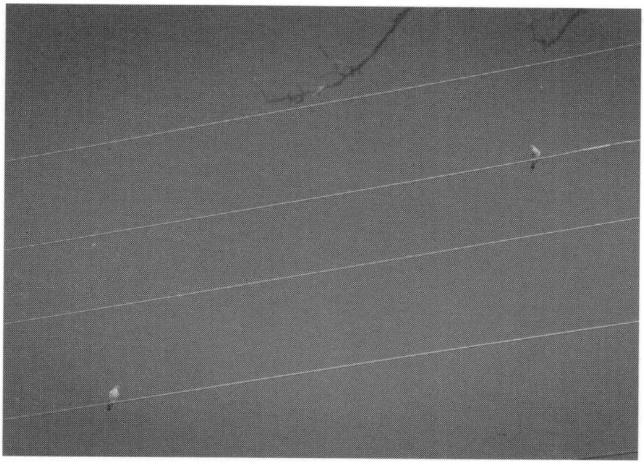

안타깝게도 작고 단순한 것들은 취약해서 멸종되기 쉽다.

미약한 것들이 크고 우람찬 것들 향해 부르는

애소哀訴의 노래에 귀 기울여야 한다.

도 허물을 벗어던지고, 애벌레도 껍데기를 벗는다. 옷은 우리에게 가장 밖에 있는 표피며 인생의 뒤엉킨 악몽일 뿐이다. 따라서 우리가 새 옷을 욕심낸다면, 가짜 국기를 달고 항해하는 것과 다를 바가 없고 결국 우리는 자신에게는 물론이고 인류에게도 버림받고 말 것이다." 아, 이 문장들을 읽으며 나는 얼마나 수치스러웠던가. 우리는 필요 이상의 많은 옷을 갖고 있고, 그러면서도 계속 옷을 사들인다. 매우 어리석은 짓이다. 옷을 사기 위해 돈을 벌어야 하고, 필요치도 않은 것을 위해 인생의 시간을 낭비한다. 새 옷이 필요한 모든 사업을 경계하라! 중요한 것은 '반듯하게 처신함'이지 새 옷이 아니니다. 옷장에 쌓인 옷만이 '인생의 뒤엉킨 악몽'의 전부가 아니니다. 생물학적 필요를 넘어서는 모든 것이 낭비요, 인생을 뒤엉키게 만든다. 단순하게 살수록 인생의 본질은 또렷해진다. 단순하게 사는 게 본질에 더 가까이 가는 삶이기 때문이다.

단순함은 인생을 이루는 가장 중요한 핵심 가치의 조화에서 만들어진다. 프랭크 로이드 라이트라는 미국의 건축가는 이렇게 말한다. "아름다움, 유용함, 적당함, 이 세 가지 요소가 완벽한 조화를 이룰 때 심플하다." 단순함은 아름다움의 전위前衛이자 우리 생명과 안전의 보루堡壘이고, 문명의 복잡함과 병폐들을 극복할 미래 비전이다. 이 책의 글들은 단순함에 부치는 예찬이고, 작은 것들에게 바치는 리듬 없는 시요, 곡조를 붙이지 못한 노래다.

마음의 생태계

하루 종일 어떤 생각들을 하는가? 대체로 사람들은 돈, 자식, 건강, 사업, 연애, 학문, 예술, 출세 따위에 대한 생각들을 하며 보낸다. 그 생각들을 들여다보면, 인생에서 무엇을 중요시 하는가, 그 가치의 우선순위를 알 수 있게 된다. 생각은 대체적으로 걱정의 형식을 띤다. 사람은 그가 생각하는 것들 이상도 아니고 이하도 아니다. 사람은 그가 생각하는 그대로 살아가는 법이다.

생태계란 말을 들으면 우리는 자연을 연상한다. 한 책은 생태계가 생물들이 살아가는 자연, 즉 서식 환경을 가리킨다고 설명한다. "생태계란 생물과 그 생물이 살아가는 서식 환경, 즉 토양이나 물, 기후 같은 생물 외적인 것이 서로 영향을 주고 받으며 그 안의 모든 종류의 생명체가 나고 살고 죽는 행위가 외부의 도움 없이 가능한 체계다."[11] 생태계는 자연에만 있는 것이 아니라 인간의 마음에도 있다. 마음의 생태계가 어떠한가에 따라 삶의 질이 결정된다. 따라서 제 마음의 생태계를 돌보는 일은 아주 중요하다.

삶이 수수께끼라면 그것은 마음의 불가해함에서 비롯된 수수께끼 때문일 것이다. 삶이란 마음이 그린 설계도를 현실로 옮기는 도정에 지나지 않는다. 죽음은 삶이 품고 있는 씨앗이다. 삶은 그 죽음마저 끌어안고 있는 총체적인 그 무엇이다. 죽음에서 삶은 응축되고, 인생의 마지막 순간 우리는 그 죽음에 가 닿는다. 아마도 죽음이란 생명의 한계를 그어 주는 지평선과 같은 무엇이 아닐까? 우리는 죽음에 이르기 전까지 살아야 할 의무를 지고 있다.

스콧 니어링과 헬렌 니어링은 이 지구에 살았던 사람들 중에서 가장 이상적인 방식으로 단순한 삶을 살았던 사람들이다. 그들은 사랑과 원기, 자유롭고 조화로운 삶을 살려고 도시를 등졌다. 즉 미국의 지배적인 생활 방식을 떨치고 버몬트라는 시골로 들어가서 그들은 땅을 일궈 자신들이 먹을 것들을 스스로 마련하고, 돌을 쌓고 지붕을 얹어 자신들이 살 집을 지었다. 그들은 유기농법으로 이른 과일과 채소를 재배해 먹고, 생명력이 있고 깨끗한 곡물들을 취했다. 그들은 다른 동물들을 부리거나 사고팔며, 죽이고 먹는 일을 애써 하지 않았다. 그런 일들이 제 양심을 더럽히는 일이었기 때문이다. 동물들을 사람보다 열등한 존재로 대하지 않은 것은 동물들이 우리와는 "형태가 다른 자아들"일 뿐이라고 믿었기 때문이다. 다만 어떤 것은 지느러미가 있고, 어떤 것은 날개가 있고, 어떤 것은 네 다리를 갖고 있을 뿐 우리와 다르지 않은 자아들이라는 것이다. 스콧 니어링과 헬렌 니어링이 실천한 이 소박한 삶은 마음의 생태계를 정화하고 깨끗하게 유지하는 데 큰 도움이 된다.

1. 어떤 일이 일어나도 당신이 할 수 있는 한 최선을 다하라.
2. 마음의 평정을 유지하라.
3. 당신이 좋아하는 일을 찾아라.
4. 집, 식사, 옷차림을 간소하게 하고 번잡스러움을 피하라.
5. 날마다 자연과 만나고 발밑에 땅을 느껴라.
6. 농장일 또는 산책과 힘든 일을 하면서 몸을 움직여라.
7. 근심을 떨치고, 하루하루씩 살아라.

8. 날마다 다른 사람과 무엇인가 나누라. 혼자면 누군가에게 편지를 쓰고, 무엇인가 주고 어떤 식으로든 누군가를 도와라.

9. 삶과 세계에 대해 생각해 보는 시간을 가져라. 할 수 있는 한 생활에서 유머를 찾아라.

10. 모든 것에 내재해 있는 하나의 생명을 관찰하라.

11. 모든 피조물에 애정을 가져라.[12)]

이것이 스콧 니어링과 헬렌 니어링이 지켰던 미니멀 라이프, 그 단순한 삶을 위한 원칙들이었다. 다시 읽다 보니 보석같이 고결한 생각들이 고스란히 드러나 있다. 스콧 니어링은 팔십대 후반에 이르러서도 건강을 유지했다. 그의 정신은 여전히 분별 있는 지혜로 가득 차고, 감성은 무뎌지지 않았으며, 팔다리는 강건했다. 그것은 마음의 생태계가 건강했기 때문이다. 마음의 생태계가 활력이 넘쳤던 탓에 늙음이 그를 권태와 쇠퇴로 굴복시키지 못했다. 그는 나이가 들어서도 활력이 넘쳤으며, 100세까지 살았다. 우리가 단순하게 살아야 하는 이유는 분명하다. 단순한 삶이 마음의 생태계를 깨끗하게 유지하는 법이다.

스콧 니어링이 100세가 되었을 때 그는 능동적으로 죽음을 맞기를 원했다. 그는 죽음이 다가오는 것을 느끼며 음식을 끊고, 나중에는 마시는 것도 끊었다. 죽음을 피동적으로 기다리는 대신에 자발적으로 그것을 끌어안았다. "죽음은 광대한 경험의 영역이다. 나는 힘이 닿는 한 열심히, 충만하게 살아왔으므로 기쁘고 희망에 차서 간다. 죽음은 옮겨감이거나 깨어남이다. 모든 삶의 다른 국면에서처럼 어느 경우든 환영해야 한다."[13] 스콧 니어링은 수명을 불필요하게 연장하기 위해 주사, 심장 충격, 강제 급식, 산소 주입, 수혈 따위 일체의 의학적 도움을 거부했다. 그는 어떤 진정제나 진통제, 마취제의 도움 없이 조용하고 평화스럽게 눈 감기를 원했다. 죽음이란 나쁜 경험이 아니었다. 내가 아는 한에서, 스콧 니어링은 가장 아름다운 방식으로 죽음을 맞은 사람이다. "씨앗이 터질 때가 되면, 식물은 갑자기 낱낱으로 흩어진다. 그 순간 씨앗은 껍질 속에 갇혀 그렇게 오랫동안 좁게 누워 있던 상태가 파괴되는 것처럼 느낀다. 그러나 사실은 새 세상을 얻는다."[14] 죽음은 우리가 살아서는 한 번도 겪어 보지 못한 새로운 경험이다. 껍질 속에 있던 씨앗들이 흩어져 새 세상을 얻듯이 우리는 죽음을 통해 더 넓은 우주로 나아가는 것인지도 모른다. 그렇다면 그것을 무서워하고 피할 까닭이 무엇인가?

2

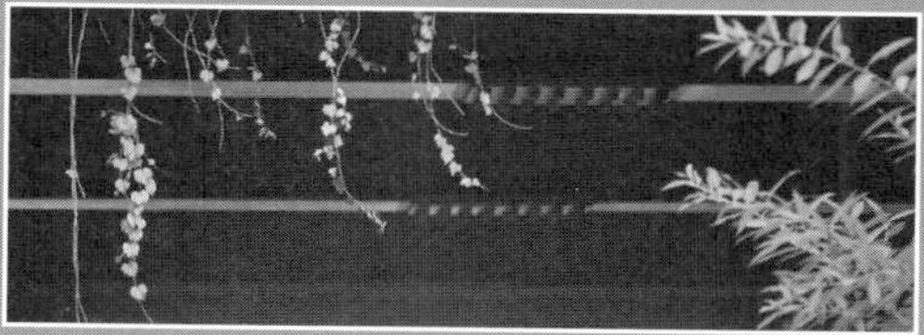

행복은

작고 조촐한 기쁨으로

채워진 마음에

날개를 접고

내려앉는다.

적게 먹고 적게 쓰자

소비하라. 소비하라. 이것은 누구를 위한 속삭임일까? 현대 사회에 사는 사람이라면 누구나 눈을 뜨자마자 '소비하라'라는 외침을 듣는다. 피자 광고를 보며 피자를 시키고, 맥주 광고를 보면 맥주를 들이키고 싶은 욕구가 생긴다. 이 광고들은 공기처럼 우리를 둘러싸고 있다. 광고들은 반복하여 계속 속삭이고 설득하며, 우리를 행복하게 해주겠다고 설득한다. 더 많이 소비하는 자가 더 행복할 것이라 말하는 광고들은 단지 사람의 탐욕을 자극하고 더 많은 소비를 부추길 뿐이다.

나무 위에 둥지를 짓고 사는 새나 굴 속 여우는 생물학적 필요보다 더 많은 것들을 쌓아 놓고 사는 법이 없다. 오로지 문명 세계의 사람만이 많은 것들을 사들여 쌓아 놓고 소비하며 산다. 우리는 "필요한 최소한의 물건보다 더 많이 소유하는 것은 곧 새로운 불행을 짊어지는 것"(도미니크 로로)임을 깨닫지 못한다. 그게 불행이라는 것을 모르니, 쓸모도 없는 많은 물건들을 끌어안고 산다. 이게 다 우리를 유혹하는 광고 때문일까.

과잉 소비행위는 집안에 쓸데없는 물건을 쌓아 두게 만들고, 빚더미에 올라앉게 만든다. 불필요한 소비는 정신을 좀먹고 삶을 혼돈과 근심에 빠뜨리게 한다. 소비 행위는 우리의 인격과 취향을 드러낸다. "소비는 인격의 표현이다. 소비를 통해 인격의 성숙 여부가 드러나는 것이다. 포기할 줄 아는 사람은 그 자신에 좀 더 가까워진다. 보다 본질적인 것의 의미를 음미할 수 있게 된다. 정말 중요한 것은 무엇인가를 발견하게 하는 것이다."(레기네 슈나이더)[15] 적게 소비하라. 그래야만 본질에 더 가까워질 수 있다.

많이 먹게 되는 것은 많은 식료품을 사들이기 때문이고, 쓰레기의 양이 많은 것은 많은 것들을 쓰기 때문이다. 단순하고 분명한 사실이다. 그렇다면 식료품을 적게 사들이면 적게 먹게 되고, 필요 이상의 물건들을 사지 않는다면 당연히 쓰레기

도 줄어들 것이다. 덜 쓰면 덜 소비하게 된다. 낭비를 줄이는 삶을 살다 보면 더 적은 것으로도 살 수 있다. 더 많이 소비하려면 더 많이 벌어야 한다. 더 많은 시간을 가외의 노동에 바쳐야 한다는 뜻이다. 현명한 사람은 덜 쓰고 덜 버는 방식을 선택한다. 당신이 현명하다면 소비에서가 아니라 지적인 충만감을 주는 활동에서 기쁨을 얻으려고 할 것이다. 현명한 사람이란 현명한 소비를 실천하는 사람이다.

적게 먹고 적게 쓰고 산다는 건 지구 생활자에게 요구되는 윤리의 삶이다. 지구 자원은 유한하다. 자원을 마구 쓰다 보면 결국 바닥이 드러날 것이다. 석유나 석탄 같은 화석연료도 마찬가지다. 착한 삶의 반대편에 폭력적인 삶이 버티고 있다. 지구 자원을 마구잡이로 소비하는 것도 지구에 대한 폭력이다. 낭비적 삶은 지구 생태계를 파괴하고, 생물 종들을 멸종이라는 막다른 골목으로 내몬다. 지구에서 수많은 생물 종들이 사라진 건 "유별나게 약탈적이고 욕심 많은 어느 영장류가 진화상의 성공을 거둔 결과다."[16] 인류가 폭력적인 삶의 방식을 포기하지 않는 한, 상상할 수 없는 파괴력을 가진 핵이나 수소폭탄 같은 첨단 무기를 개발해 생산하고 있는 한, 지구라는 숙주에 만성적 감염을 일으키는 '파행성 영장류'라는 혐의를 벗지 못한다. 적게 먹고 적게 쓰는 삶이 윤리의 삶일 뿐만 아니라 생태주의와 평화를 위한 삶이기도 하다.

낭비 없는 삶

어렸을 때 어머니는 돈이고 물건이고 시간이고 아껴 쓰라고 가르치셨다. 물자가 풍족해진 시대에 아껴 쓰는 것이 무조건 좋은가? "풍요의 경제는 현재 지배 상태에서는 낭비와 반복의 경제이기도 하다. 낭비가 없다면 경제는 불황에 빠질 것이다. 그렇지만 누구도 이러한 가치관을 가진 사회의 생존을 낙관할 수 없다."(로버트 테오발드) 대량생산과 대량소비 체제로 진입한 현대 자본주의 체제에서 낭비가 관용되는 분위기이니, 그런 회의를 품을 만하다. 하지만 검소하게 사는 것은 여전히 가치 있는 삶의 방식이다. 과식, 과음, 과소비와 같이 낭비 많은 삶은 여전히 비난받는다.

기업들은 물건들을 시장에 밀어내고 소비자들은 열심히 사들인다. 많이 만들고 많이 소비하는 자본주의 경제가 숨긴 진실은 많이 만들어질수록 처리할 쓰레기도 늘어난다는 점이다. 우리 삶은 불가피하게 낭비하는 방식으로 돌아간다. 이것을 깨닫지 못한다는 것은 슬픈 일이다. 밥알 한 톨까지 남김없이 먹는 불가의 공양 방식은 숭고하기까지 하다. 절약과 인색함은 돈이나 물자를 아낀다는 점에서 같지만, 절약이 사치와 낭비 없는 삶을 위해서 아낀다면, 인색함은 돈 그 자체를 위해 아낀다. 절약이 행복을 위해서 검소한 삶의 방식을 선택하는 것이라면 인색함은 탐욕에 바탕을 두는 삶의 방식이다.

절약과 인색함은 다르지만 그 경계는 애매하다. 절약은 사치와 낭비를 줄임으로써 현명하게 살려는 의지의 표현이다. 절약이 몸에 배면 소박하고 단순한 방식의 생활에 만족한다. 아끼는 방식에도 정도程度가 있는 것이다. 그 정도를 넘어서니 문제가 생긴다. 정도를 넘은 절약이 바로 인색함이다. 재산을 모으려고 혈안이 되면 사람은 인색해질 수밖에 없다.

심리학자들은 인색함을 일종의 정신적 장애라고 판단한다. “인색함이란 자기 보호본능이 이상한 형태로 드러나는, 일종

절약이 행복을 위해서 검소한 삶의 방식을

선택하는 것이라면

인색함은 부자가 되려는 탐욕에

바탕을 두는 삶의 방식이다.

자신의 인색함은 타인의 고통이 되고

그리하여 악덕이 된다.

의 도착 상태."(피에르 다코)[17] 인색한 자들은 많이 소유해도 불안을 떨쳐 내지 못한다. 정신 어딘가에 강박증적 불안이 깃들기 때문이다. 인색한 사람들은 부를 축적하려고 제 욕구를 제한하고, 모든 형태의 기쁨이나 행복을 유보한다. 자신의 인색함으로 타인이 고통을 당한다면 이는 악덕이다. 인색함이 이기주의가 극단적으로 표출된 한 예이고, 악덕이자 어리석은 행위라는 것은 명백한 사실이다.

시골에서 몇 해를 보내고 돌아보니 나는 많은 것들을 낭비하며 살고 있음을 깨달았다. 나는 문학에서 미니멀리즘 작가들을 좋아했다. 나는 물질에 휘둘리지 않으려면 검소한 방식으로 살아야 한다고 결심했다. 필요 없는 것들에서 벗어나 가치 있는 것에 집중하는 방식은 문학만이 아니라 삶에서도 마땅히 추구해야 할 가치가 아닐까?

단순하게, 더욱 단순하게. 지금 이 순간에 집중하며 살자. 물질이 아니라 인생을 위해, 더 중요한 가치들에 집중하기 위해 낭비 없이 살자. 낭비 없이 살 때 미니멀리스트로 사는 방식에 더 가까워질 수 있다. 미니멀리스트는 더 적게 소비하고 더 많은 것을 창조하도록 이끈다.

행복은 큰 비용이 들지 않는다

아침 식사는 곶감 하나, 사과 한 알, 두유 한 잔이 전부다. 곶감은 상주 곶감, 사과는 청송 사과다. 곶감과 사과를 아껴 먹고, 두유를 천천히 마신다. 아침 식단은 소박하다. 이걸 다 합쳐도 주먹 하나 크기를 넘지 않는다. 내 위의 크기가 딱 그만하니, 그만큼만 먹는다. 사실 우리는 지나치게 많이 먹는다. 제 위보다 넘치게 먹다 보니 자주 탈이 난다. 저녁에는 밥 반 공기, 고등어 반 마리, 두부, 채소 세 줌을 먹는다. 나는 이 소박한 밥상에 만족한다. 넘치게 먹는 것은 탐욕이고, 자연에서 보자면 낭비다. 낭비는 몸을 괴롭게 하는 일이다.

오늘 아침에는 무명 옷 한 벌, 모자, 그리고 오래된 구두를 신는다. 무명 옷은 몸을 가려 주고, 모자는 직사광선의 뜨거움을 막아 준다. 구두는 낡았지만 비 오는 날에도 물 새는 법없이 끄떡없다. 오늘은 해가 중천에 높이 떠서 고르게 햇빛을 비추니, 덧옷을 걸치는 것은 쓸데없는 짓이다. 이것만으로도 오솔길을 걷고, 이웃집 나들이에 부족함이 없다. 잘 때는 몸을 덮을 무명이불 한 채, 베개 하나면 족하다. 이웃이 비단 금침을 덮는다 해도 내게 부족함이 없으니 부러워할 필요는 없다.

오늘 아침에는 고독이라는 친구, 떳떳한 양심, 읽을 만한 책 한 권으로 족하다. 나는 생기로 충만하다. 방금 말린 대추로 끓인 차를 한 잔 마셨다. 따뜻한 찻물이 몸 안에 들어오니 몸이 따뜻해진다. 누리는 햇빛으로 환하고 풀들은 푸르니, 무엇이 더 필요한가. 고독은 자아, 궁극적인 실재와 만나는 기회다. 떳떳한 양심은 약동하는 삶을 사는 데 꼭 필요하다. 책은 고상한 정신의 양식이다. 책을 읽을 때 나는 고요해진 가운데 몰입한다. 시끄러움과 번잡함에서 벗어나 영혼을 다 불태울 만큼 집중한다.

행복이 "사소한 일에서 순간순간 느끼는 따스한 감정의 총합"[18]이라면 나는 행복하다. 잠을 푹 자고 일어났다. 숙면을 취하면서 지친 몸과 머리에 충분한 휴식을 주었다. 눈을 떴을 때 기분이 좋아 콧노래가 나왔다. 한 점의 피로나 심리적 강박이 없고, 혼돈이나 착란도 없었다. 더구나 날은 쾌청했다. 얼른 일어나 옷을 챙겨 입고 연못가로 달려나가 수련을 살펴보았다. 어제는 수련의 꽃봉오리가 세 개였는데, 오늘 아침에는 일곱 개다. 간밤에 꽃봉오리 네 개가 더 나왔다. 감나무 가지에는 곤줄박이가 날아와 앉고, 양보리수 가지에는 박새들이 떼지어 앉아 지저귄다.

라디오를 틀었더니 시벨리우스의 「핀란디아」가 흘러나왔다. 귓바퀴 안으로 맑은 선율이 쏟아져 들어왔다. 세상은 고요하고, 음악은 훌륭하다. 눈을 감고 그 곡이 끝날 때까지 귀를 기울였다. 연주가 끝났을 때 누군가에게서 진심을 담은 선물을 받은 듯 기분이 좋아졌다. 내 인생의 중요한 의무는 단 하나뿐이다. 단순하게 행복해지는 것, 아름다운 것을 아름다움으로 느끼고 받아들이는 것, 그게 인생 최고의 소명이다.

오늘 아침 나는 어느 한 군데 아픈 곳이 없다. 머리는 맑고, 눈은 환하고, 팔다리는 멀쩡하다. 당장 들판을 달릴 수 있고, 먼 곳으로 여행을 떠날 수도 있다. 더구나 내게는 남다른 재능

내게 주어진 인생의 중요한 의무는

단 하나뿐이다.

단순하게 행복해지는 것,

아름다운 것을 아름다움으로

느끼고 받아들이는 것,

그게 인생 최고의 소명이다.

이 있다. 남의 말을 귀 기울여 듣는 재능, 훌륭한 시와 오래된 목가구木家具, 귀를 황홀하게 하는 음악의 아름다움에 기뻐할 줄 아는 재능, 수련이 피는 여름 아침, 까르륵거리는 아기, 젊은 여인의 미소에 웃으며 화답할 수 있는 재능 말이다.

오늘 아침 차를 마시고, 마당을 어슬렁거리며, 새들이 명랑하게 지저귀는 소리를 들었다. 누리에 햇빛은 빛나고, 영산홍 꽃망울은 도톰해졌다. 얼마 지나지 않아 영산홍 꽃들이 만개하리라. 내게는 지금 당장 조급하게 처리해야 할 일도 없고, 어디론가 급히 가 봐야 할 데도 없다. 나는 한가로운데 그 한가로움 속으로 심심함이 괸다. 나는 그 심심함이 좋다. 깊은 심심함을 두고 한 철학자는 "경험의 알을 품고 있는 꿈의 새"라고 했다지. 심심함이 내 삶을 부드러운 천처럼 감싼다.

이맘 알리 후즈위라는 사람은 "부란 세속적 물질의 넘침을 말하며, 가난은 그것의 결핍이다"[19]라고 말한다. 나는 부자도 아니고, 가난하지도 않다. 돈이 주체할 수 없을 만큼 많다면 오늘 아침, 그걸 어떻게 굴릴까 생각하느라 머리가 터질 지경이었을 것이다. 내가 너무 가난하다면, 끼니 끓일 것을 걱정하며 의기소침해 있었을 것이다. 다행이다. 내가 큰 부자도 아니고, 엄청 가난한 사람도 아닌 것은! 나는 책 읽는 것을 좋아하며, 작은 소유에 기꺼워하며 사는 사람이다. 거문고도 배우지 못하고, 미인과 함께 살지는 못한다 해도 큰 욕심을 버리고 소박하고 단순함을 사랑하는 삶에 기뻐하는 것이 바로 내 행복의 원천이다.

튼튼한 기둥에 못을 박는 일

우리는 먹고 마시며 일하고 잠자는데, 이것은 몸을 쓰며 사는 사람의 일이며 생명의 본분이다. 몸 쓰는 일을 중단하면 사람은 죽는다. 먹기, 잠, 일은 생명 유지에 필수적인 세 요소다. 이것들을 기쁨으로 누리며 충만하게 사는 것이야말로 행복에 이르는 길이다. 지금부터 먹는 것, 잠자는 것, 일하는 것의 의미를 조목조목 따져 보자.

먼저 먹는다는 것. 나무는 광합성을 하며 자양분을 만들지만, 사람은 그렇지 못하다. 불가피하게 몸을 살릴 영양분을 바깥에서 들여와야 한다. 나는 새벽에 일어나 글쓰는 일을 하는데, 오늘은 일을 시작하기 전에 아삭한 영주 사과 한 알과 견과류를 먹고, 두유 한 잔을 마셨다. 아침 식사로는 청국장과 김치와 갈치 조림을 곁들여 밥 반 공기를 달게 먹었다. 이 소박한 식단을 기꺼워 한다. 먹은 것들은 체내에서 분해되어 생명 활동을 위한 에너지로 바뀐다. "생명이란 대사의 계속적인 변화이며, 그 변화야말로 생명의 진정한 모습이다."(쉰하이머) 우리가 무엇을 먹느냐 하는 문제는 우리가 어떤 존재인가를 말해준다. 먹기는 생명 본연의 일이자 항상 그 이상이다. 사람은 살기 위해 먹을 뿐만 아니라 즐거움을 위해서 먹는다. 간혹 먹는 일에 사치를 부리는 것은 그 때문이다. 보리 팰 무렵 삭힌 흑산도 홍어가 곁들여진 삼합을 먹고, 땡볕 여름철에는 통영에서 올려 보낸 두툼하게 썬 민어회를 먹고, 항아리 물에 살얼음이 끼는 동짓날에는 노모가 쑨 팥죽을 먹고, 온 세상이 꽝꽝 얼어붙는 한겨울에는 단골 중화요리집에서 이과두주를 곁들여 동파육을 먹는 일들은 사치에 해당한다. 음식을 씹고, 깨물어 삼킬 때 고유한 식감과 더불어 그 풍미에 빠져드는데, 미뢰를 자극하고 온몸을 짜릿하게 하는 이 즐거움이라니! 나는 전두엽에 우레같이 울려퍼지는 기쁨의 교향악을 다른 무엇에게도 양보하고 싶지 않다.

잠을 잔다는 것. 잠은 비활동이지만 그걸 게으름의 증거로

들이밀 수는 없다. 잠은 생식이나 먹이 구하기와 함께 생명 요소들 중 하나다. 쥐들을 잠 못자게 했더니 2주째에 모두 죽었다. 과학자들은 그런 실험으로 잠이 생명 개체의 필수불가결한 것임을 증명했다. 잠은 슬픔과 고통은 경감시키고, 소진된 체력을 충전시키며, 몸과 마음을 가뿐하게 만든다. 잠은 생명 유지의 절대 요소이고, 건강은 물론이거니와 삶의 질을 결정한다. 잘 자는 사람이 그렇지 못한 사람에 견줘 건강하다는 증거들은 많다. 반면 불면의 괴로움은 건강을 해치고 삶의 질을 떨어뜨린다. 불면이란 생체의 본성과 달리 억지로 깨어 있음이다. 그것은 잠의 평온한 무념성을 깨트리고, 생체 질서를 교란하며, 자아가 찢기는 경험이다. 레비나스라는 철학자는 불면이 자기에의 몰두와 근본적 탈개인화 사이를 배회한다고 말한다. 숙면이 휴식과 평온을 부른다면 불면은 일종의 고통이자 파국과 재난을 낳는 그 무엇이다. 행복하고 싶은가? 그렇다면 먼저 숙면을 취해야 한다.

일을 한다는 것. 사람은 관여, 상호작용, 소통, 반응, 해결하는 것으로 제 능력치를 드러내는데, 그걸 뭉뚱그려 '일'이라고 부른다. 일은 좋은 삶의 으뜸 조건이다. 사람은 일을 함으로써 사회와 연계되고, 제가 필요한 존재라는 확신을 가지며, 수고와 노동을 봉급으로 교환하며 가족 부양에 필요한 돈을 번다. 다만 부와 명예를 구하려고 일하지는 않는다. 일을 선택할 때 보람과 의미, 재미와 기쁨도 고려해야 할 요소다. 의미있는 일은 자아 성장의 계기를 만들고, 삶에 보람과 기쁨을 보탠다. 일은 내가 어떤 존재이고, 얼마나 가치있는가를 말해 준다. 숲의 철학자인 헨리 데이비드 소로는 "튼튼한 기둥을 찾아 못을 박는다. 그런 일을 해야 한다."라고 말한다. 기둥에 못을 박을 때 우리는 눈앞에서 일이 이루어지는 시작과 끝을 고스란히 목격한다. 여기엔 어떤 허구나 추상, 협잡이 끼어들 여지가 없다. 튼튼한 기둥에 못을 박는 일이 비록 화려하지는 않더라도 세상에 꼭 필요한 일이라면 그 일은 고귀하다. 소로는 우리에게 거짓과 자기기만을 벗어난 일, 혼란과 자기 분열에 빠지지 않는 일, 오롯하게 자존감을 드높이고, 도덕 감정에 충실한 일이야말로 최고라고 말해 준다. 그런 일을 하며 살 때 사람은 의미와 보람을 갖는다.

나는 왜 하필 여기에 있을까요

가끔 밤하늘을 올려다보며 별들에 눈길을 뺏길 때가 있다. 은하수 은하에만 물경 3,000억 개에서 5,000억 개의 별들이 있다 한다. 지구가 속한 태양계가 은하의 중심이 아니라 은하의 외진 변방이라는 사실을 인류가 알아낸 건 불과 백 년 전이다. 현생 인류는 태양계가 은하의 중심핵에서 약 3만 광년 떨어진 외지고 후미진 곳에 있다는 것을 확실히 안다. 우주에는 수백만 개의 은하들이 있고, 지구는 그 은하들에 속한 3,000억 개의 별들 중 하나다.

꿈에서는 산해경山海經 갈피에도 별빛이 드나 싶네요 대황북경편大荒北經篇 바깥 쪽에서부터 하린 손톱자국같이 긁힌 흔적은 살별[彗星]인데요 1억 광년쯤 에두르기만 하다가 그만 허방다리에

삐끗! 한쪽 발을 빠뜨리고 만 거래요 그 아래로 산호珊瑚가 무성한 별들 사이에 숫눈에 개발자국처럼 가뭇가뭇 찍힌 별빛들이 보이시는지는 모르겠어요 개라 하기도 뭣하고 안 그러기도 뭣한 하늘개[天狗]란 녀석들의 소행입니다. 녀석들은 한결같이 별자리들을 황남총 금관처럼 머리에 쓰고 다니는데, 성질이라도 부릴라치면 고리 끝에 매달린 블랙홀을 채찍처럼 휘두른답니다 아, 저기 모여 있군요 물똥처럼 별빛을 지린 행간行間을 건너, 금관에 달린 영락瓔珞과 곡옥曲玉을 마구 찰랑거리며 진짜 개 떼처럼 짖고들 있군요

어떤 별빛은 조리복소니로 깎여도 숫돌에 벼린 듯하고, 어떤 별빛은 덧물을 걷어 내고 막 건진 동치미 무같이 새금새금 아삭한 맛이 그만이네요 꿈도 암꿈과 수꿈이 있다는데, 별들이라고 무슨 뾰족수 있겠어요 붉은 옷을 입힌 농짝 같은 하늘 바탕을 무슨 자개 쪼가리처럼 다닥다닥 메우는 별들이 보이시는지요 황새치자리 너머 시집가는 별똥별의 혼수품이랍니다 눈보라 퍼붓는 기암괴석 같은 별빛들 품에는 또 해감내 나는 별빛도 있고, 또 안경잡이 나귀 새끼가 되어 하웅하웅 우는 별빛도 있습디다 푸른 미채薇菜의 가스 구름 부근, 햇별 하나는 뜨자마자 벌써 마파람 탄 감꽃

받침처럼 마르기 시작하는데요 하여튼 나는 순 공짜로 구경 한 번 잘 하고 왔습니다

— 오태환, 「별」[20] 부분

밤의 궁륭穹窿은 온통 별천지다. 이 별들은 저마다 위치도 다르고 별빛의 밝기도 제각각 다르다. 우리는 이 우주 속에서 티끌만큼도 존재감이 미약한 지구에서 우연히 태어났다. 수소와 헬륨가스로 이루어진 태양이 그 질료를 다 태어 버린 뒤 우주 사막으로 사라지고, 지구는 얼음으로 뒤덮여 생명체들이 살 수 없는 별이 될 것이다. 하지만 그때도 우주는 여전히 존재할 것이다. 태양의 빛과 열이 사라진 뒤 지구가 칠흑 같은 어둠에 삼켜질 거라는 암울한 사실이 인생을 막 살아도 되는 이유도, 닭장에 갇힌 닭처럼 편협하게 제 이익만 좇으며 살아야 되는 이유도 되지 못한다. 우리는 타인들 속에서 이타적 생각을 품고 윤리적인 삶을 늠름하게 살아 내야 한다.

겨울이 오면 고라니들은 먹잇감을 찾아 산에서 마을까지 내려온다. 북풍이 밤나무숲을 뒤흔드는 초겨울 밤 고라니들이 허공을 날카롭게 찢어 낼 듯 더 많이 울부짖는다. 고라니들의

울부짖음은 허공을 찢으며 멀리까지 퍼져 나갔다. 초승달 뜬 초겨울 밤, 나는 혼자 앉아서 고라니의 울부짖음에 귀를 기울이면서, 나는 왜 고라니가 아니고 사람인가 하는 생각에 잠기곤 한다. 하필 사람으로 태어났기 때문에 시와 동화를 읽고, 빵과 술을 좋아하며, 노래하고 춤추며 살았다. 하필 발톱도 부리도 아가미도 없고, 피부에 비늘이 돋아 있지 않고, 등뼈를 따라 털이 곤두서지도 않는 존재이기 때문에 다른 사람과 더불어 윤리적 삶을 향하여 나아갈 의무를 자각했다. 우리는 분명 개도 두꺼비도 아니고, 고라니, 물고기, 강장동물, 해조류도 아니다. 물론 우리 안에 야생성이 숨어 있다는 사실까지 부정하지는 않겠다.

무엇 때문에 그 누구도 아닌 바로 이 한 사람인 걸까요?

나머지 다른 이들 다 제쳐두고 오직 이 사람인 이유는 무엇일까요?

나 여기서 무얼 하고 있나요?

수많은 날들 가운데 하필이면 화요일에?

새들의 둥지가 아닌 사람의 집에서?

비늘이 아닌 피부로 숨을 쉬면서?

잎사귀가 아니라 얼굴의 거죽을 덮어쓰고서?

어째서 내 생은 단 한 번뿐인 걸까요?

무슨 이유로 바로 여기, 지구에 착륙한 걸까요? 이 작은 행성에?

얼마나 오랜 시간 동안 나 여기에 없었던 걸까요?

모든 시간을 가로질러 왜 하필 지금일까요?

모든 수평선을 뛰어넘어 어째서 여기까지 왔을까요?

무엇 때문에 천인天人도 아니고, 강장동물도 아니고, 해조류도 아닌 걸까요?

무슨 사연으로 단단한 뼈와 뜨거운 피를 가졌을까요?

나 자신을 나로 채운 것은 과연 무엇일까요?

왜 하필 어제도 아니고, 백 년 전도 아닌 바로 지금

왜 하필 옆 자리도 아니고, 지구 반대편도 아닌 바로 이곳에 앉아서

어두운 구석을 뚫어지게 응시하며

영원히 끝나지 않을 독백을 읊조리고 있는 걸까요?

마치 고개를 빳빳이 세우고 으르렁대는 성난 강아지처럼.

— 비스와바 쉼보르스카, 「경이로움」[21)]

나는 누구일까라고 묻는 순간들이 있다. 나는 분열이고, 소

용돌이며, 태풍이다. 나는 질서고, 혼돈이며, 수수께끼고 경이로움이다. 나는 이 작은 행성에 도착한 사람이다. 20만 년 전 처음으로 지구에 호모사피엔스가 나타나고 그 뒤로 기백 억의 현생 인류들이 살다 떠났다. 나는 그 중 한 사람이다. 나는 수만 년 전 수렵과 채취의 시대를 지나, 농경과 목축의 시대를 거쳐, 20세기 중반 자본이 심장이고, 기술이 자아가 되는 시대에 이 지구에 도착한 사람이다. 그게 불운이라면 불운이고, 행운이라면 행운이다.

고라니들이 울부짖는 초겨울의 밤들이 가고, 모란과 작약이 꽃망울을 내밀고 꽃을 터뜨리는 봄밤에도 혼자 우두커니 앉아, 나는 왜 하필 사람인가, 하는 생각에 잠긴다. 나는 왜 사람으로 태어나 백 년 전도 아니고, 지금 여기에 있는 걸까? 내가 스스로에게 던진 질문들은 영원히 끝나지 않을 수수께끼를 품고 있다.

나는 사람으로 태어나기 이전의 일들에 대해 아무것도 모른다. 어머니의 자궁 안을 채운 찰랑거리는 양수 속에서 작은 몸을 동그랗게 말고 있던 시절을 기억하지 못한다. 눈을 감고 있지만 멀리서 오는 희미한 빛이 느껴진다. 그 빛이 사라진 뒤 어둠이 온다. 다시 어둠은 희미한 빛으로 바뀐다. 낮과 밤이 교차하는 것을 느끼면서 나는 "피가 졸졸거리고, 물이 꾸르륵 소리를 내고, 위액이 꼬꼬댁거"리는 소리를 듣고, "담즙과 젖빛 임파액이 좁은 길목에서 휘파람을"[22] 부는 소리를 들었다. 내 몸이 악기처럼 내는 이 소리들은 내가 살아 있다는 증거들이다.

나보다 똑똑한 사람들에 따르자면, 나는 무無에서 왔다고 한다. 태초에 무에서 빛과 복사 에너지, 그리고 물질이 쏟아져 나오고, 이로부터 각종 원소들이 탄생하여 수백 만 개의 은하가 만들어졌다. 수백 만 개의 은하는 한 순간에 갑자기 나타났는데, 그 순간을 빅뱅이라고 한다. 그 순간 물질들은 고밀도로 농축된 플라즈마 상태였는데, 100억 도에 달하는 초고온 속에서 양성자와 중성자 사이에 핵반응이 일어나며 분리가 시작되었다는 것이다. 137억 년 전에 일어난 사건이다. 그때 탄생한 별들 중에서 일부는 수십 억 년 전에 핵융합 원료가 고갈되어 죽어 별들의 무덤으로 사라졌다고 한다.

나는 이 지구별의 여행자다. 시를 읽고 쓰며, 날마다 사과 한 알을 먹고, 햇볕을 쬐며 걷는다. 이 초록별의 다양한 장소에서 다양한 풍경 속을 가로지른다. 적게 먹고, 단순하게 산다. 나는 7년마다 심장, 허파, 위, 대장, 소장, 피부 전체를 이룬 60조 개 세포를 새로운 것으로 갈아치운다. 이 삶은 고달픈가 하면 다른 한편으로 감미롭다. 연애도, 이별도 감미로운 것은 이 모든 일들이 두 번 되풀이를 하지 않는 까닭이다. 오라, 단 한 번이여, 나는 두렵지 않다. 나는 젊음을 지나쳐 장년을 거쳐 노화가 시작하는 입구에 서 있다. 여기에서 지나온 삶을 돌아보고 살아야 할 미래를 내다본다. 그동안 쌓은 경험과 숙련이 남은 여정의 노잣돈이다. 아직 내 여행의 기착지는 저 멀리 아득한 곳에 있다.

행복은 작은 기쁨으로 채워진다

폭염이 떠난 자리에 처서가 들이닥친다. 처서는 음력 7월 15일 무렵, 24절기 중 열네 번째 절기로 태양이 황경 150도 위치에 있을 때인데, 이때쯤 천지간에 가을 기운이 돌면서 밤에는 풀벌레들이 시끄럽게 울어 댄다. 올여름 폭염은 얼마나 대단했나! 나는 큰 상처를 입고 심해로 가라앉는 바다사자와 같이 무더위와 열대야에 시달리며 허우적거렸다.

한낮의 햇빛도 참고 견딜 만하다. 한결 더위가 누그러졌기 때문이다. 여름과 가을이 교차하는 이즈음 멜랑콜리를 입안의 사탕처럼 녹이며 달콤하게 받아들일 정도로 여유롭다. 나는 어느덧 낙관주의자로 변신한다. 잘 가게, 여름이여! 나는 잘 다림질한 셔츠를 입고 미소를 머금으며, 떠나는 여름의 등을 향

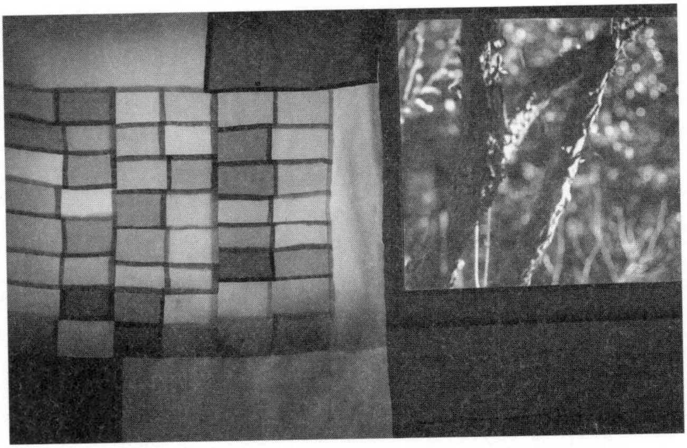

해 유쾌한 송별送別의 말을 던진다.

처서 무렵 더위에 지쳐 잃었던 식욕이 살아난다. 새벽과 밤으로 공기가 선선해지며 밥맛도 부쩍 좋아지는데, 이 난데없는 식욕은 저 지독한 폭염과 물것의 습격에 대한 반동이다. 입안에 들어오는 음식이 꿀맛이다. 나는 정신적 관조와 생활의 단순함을 선호하는 내면 지향의 인간이지만, 미식가의 풍미에 맞춤한 별식을 찾는 일에 아무 가책도 없다. 인류가 잡식성 동물로 진화했다는 것, 내가 먹는 것이 곧 내 자신이라는 말에 전적으로 동의한다.

먹는 즐거움이 인생의 지복至福임을 어찌 부정하랴. 두툼하게 썬 민어회, 부드러운 두부탕수, 감칠맛 나는 동파육, 기름진 민물장어 구이, 목포의 어느 허름한 식당에서 맛본 삼합 등등을 상상하면 입안 혀뿌리 아래에 군침이 괸다. 이 별식들의 식감과 풍미가 오감에 일으키는 놀라운 행복을 어떻게 말로 다 하랴! 폭염을 견디고 살아남았으니, 먹고 마시는 즐거움을 더하여 살아있음의 기쁨을 만끽해도 좋으리. 그동안 바빠서 소원했던 벗들을 불러 먹고 마시는 홍취와 신명으로 고갈된 원기를 돋우고 밋밋한 일상에 활력을 불어넣는다.

예로부터, 다스리는 자는 백성을 하늘로 삼고, 백성은 먹는 것을 하늘로 삼는다는 말이 있다. 그만큼 먹는 즐거움이 인생의 한 덕목이라는 얘기다. 그리스어 '헤도네hedone'는 즐거움이라는 뜻인데, 그 문자적 의미는 달콤함이다. '헤도네'는 욕구나 소망이 충족되었을 때의 기쁨이나 원한 물건을 쥐었을 때의 만족감이다. 철학자 에피쿠로스는 식도락이나 향락을 찾고 누리는 쾌락주의를 이상으로 추구한 사람이다. 하지만 이것은 올바른 이해가 아니다. 그가 용납한 것은 배고픔이나 목마름 따위의 자연적이면서도 필연적인 욕구의 충족이고, 이것의 충족 없이 행복은 없다고 믿었을 뿐이다. 사람은 기본적인 욕구의 결핍 상태를 고통으로 받아들이고, 이 고통에서 벗어날 때 행복해진다. 에피쿠로스는 행복의 조건으로 물질적인 욕구를 긍정했지 과잉 소비를 조장한 게 아니다. 그의 철학은 금욕적인 데가 있다. 그가 권장한 것은 자연적이면서 소박한 욕구의 충족이고 그것에서 비롯되는 '헤도네'였을 뿐이니까.

한 휴양지에서 맞은 가을 새벽 도로 위에 새까맣게 떨어져 찬 이슬에 젖은 날개를 떨며 죽어가는 매미들을 보았을 때 덮친 공포와 충격을 생생하게 기억한다. 계절이 바뀌며 떼죽음

더 살맛나는 삶을 누리는 방법은 뜻밖에도 단순하다.

벗들과 우정을 나누라. 향기로운 음식을 먹고 즐거워하라.

훌륭한 예술 감상의 기회를 놓치지 마라.

숲속을 걷고 숙면을 취하라.

일상의 조촐한 기쁨을 배제하면 행복도 줄어든다.

을 당한 미물들은 마음을 날카롭게 할퀴고, 슬픔과 공포와 인생무상으로 밀어 넣었다. 그때의 깊은 허무와 우울은 산책에서 돌아와 풍성한 아침 식탁과 사랑하는 이들의 다정한 미소를 마주하고 나서야 누그러졌다. 내가 누리는 즐거움들이 허무와 공허, 우울들을 지우고 덮는다.

에페소스의 철학자 헤라클레이토스는 은둔하면서 풀과 나뭇잎만을 먹고 살았다지만 나는 그렇게 살고 싶지 않다. 내가 폭염 속을 휘젓고 걸어서, 서울시립미술관에서 열리는 〈고갱전〉을 관람하고, 봉준호 감독의 〈설국열차〉를 보고, 대학로 예술극장에서 안톤 체홉의 희곡을 무대에 올린 마성魔性의 목소리를 가진 박정자의 연극을 본 것은 마음이 더 많은 '헤도네'를 요청했기 때문이다. 예술을 통해 내 안의 욕망을 깊이 들여다보고, 눈과 귀를 즐겁게 하는 순간들을 향유할 때 우리 뇌는 더 많은 세레토닌을 쏟아 낸다. 세레토닌은 뇌수를 달콤함으로 적시고 깊은 열락悅樂을 선물한다.

더 살맛나는 삶을 누리는 방법은 뜻밖에도 단순하다. 벗들과 우정을 나누라. 향기로운 음식을 먹고 즐거워하라. 훌륭한 예술 감상의 기회를 놓치지 마라. 숲속을 걷고 숙면을 취하라. 일상의 조촐한 기쁨을 배제하면 행복도 줄어든다. 에피쿠로스의 행복 철학은 따뜻하고 인간적이다. 나는 욕구의 즉각적인 충족없이 내적인 올바름만으로 행복해질 수는 없다고 믿은 이 고대 철학자를 지지한다.

에피쿠로스처럼 행복해지고 싶은가? 그렇다면 일하고 사랑하라. 먹고 마시며 즐거워하라. 충분히 즐거웠다면 그 다음엔 명상하고 기도하라! 무엇보다도 단순한 삶에서 행복을 찾으시라. 행복은 작고 조촐한 기쁨으로 채워진 마음에 날개를 접고 내려앉는다.

단순함을 사랑하라

행복을 구질구질하게 쫓아다니지 마라.
행복이 제 발로 찾아오게 하라.
그 비밀은 단순한 삶의 방식에 있다.

디오게네스는 "물받이에서 두 손으로 물을 받아 마시는 아이를 보고 나는 들고 있던 잔을 던져 버렸다"[23]고 고백한다. 이렇듯 단순한 형식은 모든 잉여와 낭비를 추문으로 만든다. 아울러 단순한 삶은 불행을 견디는 강한 힘이 있는 반면에 복잡한 삶은 불행에 취약하다. 적게 소유할수록 삶은 단순해지고, 많이 가질수록 삶은 복잡해진다. 삶의 방식이 단순할수록 삶은 본질에 가까워지고, 단순함에서 멀어지는 사람일수록 더 세속화한다.

복잡한 삶의 방식은 불행에 취약하다.

적게 소유할수록 삶은 단순해진다.

어마어마한 재산을 가진 부자가 돈으로 행복을 살려고 했다. 흔한 일이다. 돈의 만능을 믿는 사람들은 행복도 돈으로 살 수 있다고 생각하는 것이다. 하지만 어디에도 돈으로 살 수 있는 행복은 없었다. 많이 소유하면 잃는 것도 크다. 많이 가진 사람들은 제 소유를 잃을까 전전긍긍하고 근심한다. 적게 가진 사람은 최소한도 소유로 인해 생기는 염려와 근심에서 자유롭다. 적게 가진 사람은 잃을 것도 적다.

에크하르트는 이렇게 썼다. "많이 소유할수록 적게 지니게 된다"[24]라고. 놀라운 역설이다. 영혼이 풍족함을 구한다면 적게 가지려고 노력해야 한다. 무소유를 추구하는 사람들은 자발적 가난에 들려는 사람들이다. 적게 가짐으로써 소유가 만드는 불필요한 불행에서 자유로워지려고 한다. 그런 뜻에서 에피쿠로스는 이렇게 썼다. "삶의 자연스러운 목적으로 단련된 가난은 커다란 재산이다. 그 반면에 무한한 재산은 무한한 가난을 뜻한다"라고.

시골에 내려가 산 지 열다섯 해가 넘었다. 봄가을을 열다섯 번이나 흘려보내며 더 단순하게 기쁘게 애썼다. 뭘하면 좋을까를 늘 생각했다. 일종의 실험이었다. 오랫동안 도시에서 복잡한 방식으로 살았던 터라 몸에 익숙한 삶을 버리고 갑자기 단순하게 바꾸는 것은 쉽지가 않았다. 몸이 저항했다. 그러나 단순한 방식으로의 전환은 내면의 준엄한 명령이었다. 열정을 불러일으키는 일에 집중하려면 더 단순해야만 했다.

내가 좋아하는 일은 독서, 산책, 음악 듣기, 그리고 글을 쓰는 일이다. 단순하고 소박하게 살려고 많은 것들을 끊었다. 술을 끊고, 불필요한 사교를 끊고, 소모성 관계들을 정리했다. 뜰의 모란과 작약, 앵두나무, 연못의 수련을 벗 삼으며 기쁨을 구하고 외로움을 달랬다. 시골에 사니 불러 주는 이도 없었다. 처음엔 외로웠지만 그걸 견디고 나니, 바깥에 나가 시간을 소모하는 일이 줄어들었다. 대신에 일 년에 한두 번씩 벗들과 이웃을 불러 하우스콘서트를 열고 지인들이 선물한 와인들을 모았다가 내놓았다. 그렇게 사람들과 담소를 나누고 음악을 들으며 초여름의 정취를 즐겼다.

더 단순해지려고 채찍질하며 단련했다. 먹고, 자고, 산책하고, 명상하고, 그 이외의 시간은 내가 좋아하는 일에 쓴다. 삶

이 단순해지니, 책 읽기와 글쓰기에도 탄력이 붙었다. 전보다 더 많은 책들을 읽고, 더 많은 책들을 써낼 수 있었다. 놀랍게도 시골에 사는 동안 서른 권도 넘는 책을 써냈다. 나는 더 관대해지고, 생활은 활력으로 넘치며 약동했다. 지인들은 내 모습에서 가난에 찌든 모습은 찾기 어렵다고 말한다. 누가 보더라도 좋아 보였다. 이것은 내가 시골에서 단순한 방식으로 살게 되면서 얻은 선물이고 축복이다.

단순하게 살라. 어떻게? 욕구를 최소화하고, 욕구를 충족시키는 방식을 단순화하라. 단순한 삶은 불편하다. 하지만 평온하고 자족적인 삶의 방식이다. 성 프란체스코는 말한다. "모든 것에서 단순함을 사랑하라[25)]"라고. 단순함을 제2천성으로 만들어라. 단순해지고, 단순해지고, 더 단순해지도록 노력하라. 단순함은 지혜의 응축과 부단한 실천을 통해서만 이를 수 있는 미학이다.

꿈은 삶이고, 삶은 꿈이다

서울에 살다가 안성에 내려가 살았다. 혼자 밥 지어 먹고, 혼자 텃밭을 일구고, 혼자 잠드는 생활은 좋지도 나쁘지도 않았다. 그곳은 아는 이 하나도 없는 낯선 고장이었다. 종일 찾아오는 사람이 하나도 없는 적막하고 단순한 생활이다. 나는 밖에 나가지도 않은 채 『장자』라는 책을 머리맡에 두고 아침저녁으로 읽는 일을 커다란 낙으로 삼았다. 그 시절에 기쁨도 없었지만 딱히 메마른 근심이 있었던 것도 아니다. 나는 오직 어리석고 어리석었으니, 단지 기쁨을 몰랐을 뿐이다.

『장자』 한 구절 한 구절이 산삼 뿌리 같았다. 어느 저녁에는 『장자』를 읽다가 울고, 어느 아침에는 『장자』를 읽다가 미친 듯이 웃었다. 꿈속에서 술을 마시던 자가 아침이면 슬피 울고, 꿈에 슬피 울던 자가 아침이면 사냥하러 나간다. 꿈속에 삶이 있고, 삶 속에 꿈이 있다. 꿈속에서 술을 마시던 자는 아침에 슬피 울던 자요, 꿈에 슬피 울던 자는 아침에 사냥하러 나간다. 슬피 울던 자가 술을 마시는 자요, 술을 마시던 자가 사냥하러 나가는 자다.

인생을 아는 건 어려운 일이다. 감히 누가 인생을 안다고 할 수 있는가. 셰익스피어는 인생을 두고 "너무 이르면 알 수 없고, 알고 나면 너무 늦다"고 했다. 인생에 대해서라면, 나는 아는 것은 모르고 모르는 것은 더욱 모른다. 인생을 안다는 스승들을 찾아 헤맨 적이 있다. 그들의 말을 경청하고 가슴에 새겼으나 인생을 모르기는 마찬가지였다. 도처에 인생이란 허상을 붙잡고 씨름하고 있는 사람들뿐이다. 그렇다면 인생이란 건, 정말 알 수 없는 것일까? "도대체 우리 안다고 생각하는 것이 사실은 모르는 것이 아니라고 장담 할 수 있겠는가? 우리가 모른다고 생각하는 것이 사실은 아는 것이 아니라고 장담할 수 있겠는가?"[26] 삶도, 죽음도 모른 채 모란과 작약이 피는 봄을 맞고, 활엽수들에 단풍드는 가을을 살았다. 먼저 태어난 사람들은 먼저 세상을 떠난다. 아버지가 돌아가시고, 어머니도 돌아가셨다. 외삼촌들이 돌아가시고, 외할머니도 돌아가셨다. 그 다음은 내 차례일 것이다. 우리 모두는 '죽음이라는 느리고 긴 대열'을 이루고 걸어가고 있기 때문이다.

꿈에 술을 마시며 즐거워했던 사람이 아침에는 섭섭해서 운다. 꿈에 울며 슬퍼한 사람은 아침이 되면 즐거운 마음으로 사냥하러 나간다. 우리가 꿈을 꿀 때는 그것이 꿈인 줄 모르지. 심지어 꿈속에서 해몽도 하니까. 깨어나서야 비로소 그것이 꿈이었음을 알게 되지. 드디어 크게 깨어나면 우리의 삶이라는 것도 한바탕의 큰 꿈이라는 것을 알게 될 것이네. 그러나 어리석은 사람들은 자기들이 항상 깨어 있는 줄 알고, 주제넘게도 그러함을 분명히 아는 체하지. 임금은 뭐고 마소 치는 사람은 뭔가? 정말 꽉 막혀도 한참일세.[27)]

사는 게 꿈속의 일 같다. 인생은 짧다. 아침에 떴던 해가 저녁이 되어 지는 것 같다. 인생이 이토록 바쁘게 지나가니, 생명을 북돋는 모든 양생養生의 일들조차 덧없다 느껴질 때가 있다. 그런 기분은 계절이 바뀔 때 자주 찾아든다. 늦가을에서 초겨울로 접어들 무렵, 차가운 빗방울이 떨어질 때, 나는 우울해진다. 죽음 속에 삶이 있고, 삶 속에 죽음이 있다. 본디 삶과 죽음은 태극 안에 든 음양과 마찬가지로 한 몸이 품은 둘이니, 둘은 하나다. 삶이 품은 씨앗이 곧 죽음이요, 죽음이 품은 씨앗이 곧 삶이다.

일요일이 좋아

일요일은 평온함이라는 날줄과 무심함이라는 씨줄을 엮어 짠다. 일요일이라는 피륙을 쫙 펴고 그 위에 누워 하늘을 바라보자. "일요일이 지닌 두드러진 점 가운데 한 가지는 바로 느림과 감속이라는 특성이다."[28] 자, 감속 브레이크 페달에 발을 올려놓고, '일요일'이라는 황무지를 가로지르며 달려가 보자.

일요일마다 얻는 자유는 얼마나 소중한가. 일요일에는 돈을 벌기 위한 직장과 업무의 수고에서 놓여난다. 그리고 합법적으로 게으름을 피우며 빈둥거릴 수 있는 자유를, 아침에는 늦잠을 자고 한낮에는 맥주를 마시며, 야외 의자에 앉아 앙리 미쇼의 시집을 읽을 수 있는 자유를, 서교동의 카페들을 기웃거릴 수 있는 자유를, 망원동 너머 한강으로 나가 해 질 녘 노을

빛에 젖어 가는 강물을 하염없이 바라볼 수 있는 자유를, 누구의 허락도 받을 필요도 없이 이 모든 자유를 누릴 수 있다. 일요일은 온전하게 우리들의 것이니까, 이 모든 자유가 가능하다.

평일의 배역과 일요일의 배역은 확연하게 다르다. 평일의 우리는 주인공을 받쳐 주는 보조역이거나 단역, 기껏해야 잠깐 얼굴을 내밀고 사라지는 카메오에 지나지 않는다. 일요일에는 어엿하게 인생이라는 드라마에서 스포트라이트를 받는 주인공이다.

일요일에 벌거벗고 지내고 싶다면 그렇게 할 수 있다. 붉은 포도주를 10리터쯤 마시고 반쯤 취해서 종일 빈둥거릴 수도 있다. 햇볕 화창한 날 나무그늘에 놓인 안락의자에 앉아 느긋하게 블라디미르 나보코프나 레이먼드 카버의 소설에 빠져 지낼 수도 있다. 일요일에는 나태와 무능조차도 용서를 받는다. 바로 우리가 일요일의 당당한 주인공이니까.

일요일에 심심함이라는 고치 속에 머물 수 있고, 심오한 진리의 사색 속에 매달릴 수도 있다. 에릭 사티의 음악을 들을 수 있고, 버스커버스커의 신곡을 흥얼거릴 수도 있다. "도마뱀은

어디서 꼬리에 덧칠할 물감을 구할까?"[29]라고, 식어 버린 커피를 한 모금씩 마시고 있는 자신에게 질문을 던져 볼 수도 있다. 왜냐하면 우리는 질문을 하다가 사라지는 사람들이니까.

또다시 일요일이 돌아온다. 일요일에는 삶의 속도를 감속하고 느림 속에서 시간을 보내자. 일요일은 속이 꽉 찬 삶은 꽃게와 같다. 꽃게의 속살을 속속들이 파먹듯이 일요일의 행복, 일요일의 느긋함을 파먹자. 일요일은 축제의 시간이고, 일요일에 나는 자유다!

시인으로 산다는 것

시인으로 마흔 해를 살았다. 스무 살에 시인이라는 이름을 얻고, 그걸 명예로 알고 세 아이를 키우며 살았다. 시인으로 산다는 것은 자랑스럽지도, 그렇다고 부끄럽지도 않은 일이다. 뼈가 썩어가는 수모도, 피가 마르는 고통도 없었다고 말할 수는 없지만 나는 시인의 삶을 대체로 만족했다. 모든 시인들이 그렇듯이 나 역시 작은 기쁨들에서 의미를 찾고, 단 한 줄의 시구를 얻으려고 천 날의 방황을 마다하지 않았다.

나는 김소월을, 백석을, 김종삼을, 천상병을 생각한다. 이들은 가난한 삶을 살았고, 시인의 삶이 형극의 길이라는 걸 말해준다. 나는 권력 다툼에서 밀려난 뒤 미치광이처럼 떠돈 중국의 시인 굴원을 생각한다. 나는 아우슈비츠에서 극적으로 살아서 돌아왔으나 끝내 비극 속에 살다가 죽은 독일의 시인 파울 첼란을 생각한다. 두 시인은 각각 다른 시대와 다른 장소에서 살았지만 둘 다 강물에 몸을 던져 목숨을 끊은 공통점으로 묶인다. 돌연한 죽음으로 더 이상 한 줄의 시를 쓸 수 없게 되었을 때 죽음은 그들이 써야 할 마지막 시의 마침표로 찍힌다.

누군가 태어나는 데 산파가 필요하다면 시인이라는 영혼을 경작하는 농부가 태어나는 데도 산파가 필요하다. 시인의 탄생을 돕는 산파는 무엇인가? 시인들은 보통 사람보다 조금 더 하염없다. 시에 인생을 걸었다면 가난은 일종의 경전이고, 고독은 천직으로 삼아야 한다. 어쩌면 가난과 고독은 누군가를 시인으로 태어나도록 돕는 산파인지도 모른다. 앞서 썼듯이 김소월, 백석, 김종삼, 천상병 같은 시인들이 그렇다. 그들은 가난을 끼고 살다 갔다. 시인은 미물과 자연을 보듬으며 유유자적 사는 거사居士다. 그들에게는 시가 지락至樂의 방편이며 각의刻意의 수단인 것은 자연스럽다. 시인은 말을 자린고비와 같이 아껴 쓴다. 말을 적게 씀으로써 세상의 낭비를 수치스럽게 만드는 것이다.

예전에, 내 기억이 정확하다면, 나의 삶은 모든 사람들이 가슴을 열고 온갖 술이 흐르는 축제였다.

어느 날 저녁, 나는 무릎에 아름다움을 앉혔다. — 그런데 가만히 보니 그녀는 맛이 썼다. —그래서 욕설을 퍼부어 주었다.

— 알뛰르 랭보, 「지옥에서 보낸 한철」에서

이 조숙한 천재 시인 랭보(1854~1891)는 시를 무릎에 앉힌 아름다움이라고 말한다. 시는 맛이 쓴 물건이고, 지옥에서 짖어대는 개다. 랭보는 「지옥에서 보낸 한철」에서 아름다움을 제 무릎에 앉힌 뒤 제 삶에 어떤 변화가 일어났는가를 말한다. "나는 재앙을 불러들였고, 그리하여 모래와 피로 숨이 막혔다. 불행은 나의 신이었다. 나는 진창 속에 길게 쓰러졌다." 랭보는 이미 스무 살에 시와의 인연을 끊고 벨기에와 영국을 떠돌고, 용병傭兵으로 자원해서 인도네시아 자바에 갔다가 탈영을 했다. 다시 프랑스에 돌아온 뒤 북아프리카로 건너가 무기 밀매와 상아 무역을 하다가 골수암에 걸려 다리를 잘랐다. 그리고 마르세유의 한 병원에서 암투병 중에 시대의 재앙과 불행을 끌어안고 그걸 신으로 섬기는 파란만장한 시인의 생을 끝내고 눈을 감았다.

시는 눈 먼 부엉이의 노래, 바람과 파도의 외침, 늑대들의 울부짖음, 땅이 내쉬는 깊은 한숨이다. 시인은 그 모든 소리를 듣고 시로 빚어 낸다. 시를 쓴다는 것은 고통과 불행을 자발적으로 감내한다는 것이다. 그것은 세계를 한 줄의 시, 함축된 언어와 이미지로 녹여 낸다는 뜻이다. 그런 맥락에서 시들은 사물과 인생의 약전略傳이다. 짧다고 우습게 보았다간 큰코다친다. 시가 의미의 수사학적 응고凝固인 것만은 아니다. 시는 말의 춤이고, 사유의 무늬이며, 생명의 약동이다. 시는 수천 밤의 고독과 술병을 집약하고, 세계를 향해 뻗치는 감각의 촉수들은 천

시집을 읽는 것은
마음을 거울인 듯 닦는 일이고,
언어를 가다듬으면서 풍요롭게 일구는 일에
부지런한 이들과 대화를 나누는 일이다.
독성 언어, 병든 언어, 찌든 언어,
천박한 언어가 난무하는 이 시대에
시인의 언어는
깊은 산골짝에 숨은 옹달샘처럼 청량하다.

지만물의 생리와 섭리를 더듬는다.

주변에서 무슨 책을 읽으면 좋아요, 라고 물을 때 나는 나이가 들수록 좋은 시집과 철학책을 읽으라고 권한다. 특히 시집을 읽는 것은 마음을 거울인 듯 닦는 일이고, 언어를 가다듬으면서 풍요롭게 일구는 일에 부지런한 이들과 대화를 나누는 일이다. 독성 언어, 병든 언어, 찌든 언어, 천박한 언어가 난무하는 이 시대에 시인의 언어는 깊은 산골짝에 숨은 옹달샘처럼 청량하다. 천박하고 비속한 말은 제 품격의 천박함과 비속함을 세상에 선전하는 일이다. 바른 말, 간명하고 뜻이 분명한 말, 생각의 올바름을 드러내는 말을 쓰는 사람은 깊이 사귀지 않아도 마음이 어여쁜 사람인 걸 알 수 있다. 말과 언어는 그것을 쓰는 자의 인격과 성정을 비추는 거울인 까닭이다.

어둠이 내리거든 쉬어라

시골에서 살며 나무와 숲, 물과 바람이 더 좋아졌다. 자연이라고 부르는 곳, 자연과 더불어 산다는 실감이 정말 좋았다. 새벽에 일어나 몸을 움직이고, 해가 지고 나면 일찍 잠자리에 들었다. 대도시에 살 때보다 자연에 더 잘 순응하며 살았는데, 그 시절 생태주의에 대한 책들을 찾아 읽으며 의식과 삶도 차츰 바꾸고자 했다. "자연은 체계적 구조를 지니고 있다. 그리고 생태계를 이뤄 스스로 항상성을 유지하는 자기 완결적인 성질을 갖고 있다."(탠슬리Sir Arthur Tansley, 1871~1955)[30] 자연은 그 자체로 완벽하다는 것과 내 안에 두 가지의 성향이 공존한다는 것을 알았다. 헨리 데이비드 소로의 책을 읽으며 사람들이 나와 같은 생각을 하고 있음도 깨달았다. "내 속에는 거의 모든 사람이 그러하듯 더 고상한 정신적인 삶을 살고 싶은 충동과 함

께 원시적인 야만의 생활을 하고 싶은 충동이 있어서 나는 그 둘을 모두 존중한다."(헨리 데이비드 소로)

지구는 생물체들을 위한 토양, 물, 기후라는 생물체들을 위한 완벽한 서식 '환경'을 갖추고 있다. 지구는 다양한 생명체를 품은 그 자체로 '생물권'이라고 명명할 수 있는 환경을 이루고 있다. 이때 '환경'이란 자연 환경의 줄인 말이다. 지구 위에 조성된 자연이 곧 생태계이다. 사람은 자연 생태계라는 집합에서 부분집합을 이룬다. 지구가 생물들의 자기 완결적인 서식 환경을 이루는 데 기여를 한 것은 햇빛이다. 식물은 햇빛을 받으며 광합성 작용을 하는데, 이 결과로 동물에게 필요한 에너지원을 만든다. 식물은 생산자고 동물은 소비자다. 동물들은 죽어서 질소나, 탄소, 칼륨 같은 원소로 분해되는데, 이때 미생물이 유기체를 원소로 분해한다. 식물은 미생물이 분해한 원소들을 뿌리로 빨아들이며 자라난다. 이렇듯 식물과 동물은 필요한 것들을 나누면서 공생한다.

현존하는 생물 종수는 4천만 종 이상이라고 한다. 실로 어마어마한 생물 종들이 어울려 살아가는 것이다. 그렇다면 지구

가 생겨난 이래 지금까지 살았던 생물의 총 종수는 얼마나 될까? 약 400억 종 이상이다. 그러니까 현재 지구에 살아남은 생물 종수는 지금까지 지구에 존재했던 생물 종들의 0.01퍼센트에 지나지 않는다. 나머지 99.9퍼센트는 멸종되어 사라졌다.

지금 이 순간에도 다양한 생물들이 사라지고 있다. 에너지를 과소비하는 인류의 생활 방식 때문에 지구에서 수많은 동물들이 멸종되어 사라지는 것이다. 도도새, 파란영양, 스텔라바다소, 태즈메이니아늑대, 과달루페카라카라, 포클랜드개, 바바리사자, 분홍머리오리…… 이미 멸종된 동물들의 목록이다. 앞으로도 인류가 지금 수준의 에너지를 과잉 소비하는 생활 방식을 고집한다면 더 많은 동물들이 멸종 위기를 맞을 것이다. 이라와디돌고래, 하프물범, 듀공, 레서팬더, 분홍돌고래, 에뮤, 오리너구리, 팬더, 알바트로스, 메가마우스상어, 키위새, 블랙스완, 올리키드, 황금박쥐, 페어리펭귄, 콰가, 오카……. 이 멸종 위기종 명단에 우리 주변에서 흔히 볼 수 있던 눈잣나무, 산양, 망개나무, 참갈겨니, 모데미풀, 팔색조, 거머리말, 상괭이, 금강모치, 오색딱따구리 따위도 덧붙여야 한다. 이름도 낯선 숱한 동식물들이 멸종 위기에 처해 있다는 소식은 우리를 우울

울하게 만든다. 동물들을 멸종에서 구하려면 인류가 먼저 생각을 바꾸고 낭비하는 생활 방식을 그쳐야 한다.

너무 많은 것을 움켜쥐려는 건 욕망의 삶이다. 거의 모든 사람이 제 욕망이 부추기는 대로 살아가는데, 이 삶의 바탕을 이루는 것은 '나'에 대한 집착의 과도함이다. 욕망을 비우고 집착을 그쳐야 한다. 욕망의 삶 반대편에 소슬한 망아忘我의 삶, 하늘이 낸 결을 가진 허심虛心이 있다. 망아의 삶, 그 바탕이 되는 소슬한 허심은 욕심을 그치고 '함이 없는 함[無爲之爲]'에 충실한 삶이다. 나는 그런 삶을 좋아하며 지향한다. 그 길이 친생태주의적이고, 윤리적인 삶의 길이다.

3

단순함은

지혜의 응축을 통해

얻을 수 있는

평온하고 자족적인

삶의 방식이다.

고독 사용법

고독 씨가 행방불명되었다는 소식이 전해진 뒤 고독 씨가 누구냐 하는 분분한 논쟁이 있었다. 고독 씨가 배트맨이냐? 제 얼굴을 숨기고 익명으로 떠도는 건 고독 씨의 아주 오래된 습관이다. 처음엔 늙은 퇴역 배우일 거라는 설이 유력했다. 그는 감독들이 배역 맡기기를 꺼려할 만큼 늙고, 뿐만 아니라 퇴폐가 지나쳤다. 평생 동안 읽은 거라고는 저를 언급한 신문 기사 몇 줄이 고작이었다. 그는 활자 멀미증이 심했으므로 머릿속에 든 게 너무 없다고 탓하지는 말자. 그는 고독 씨가 아니었다. 그 다음으로 혁명의 배후로 활동했던 인물이 유력하게 지목됐다. 그는 늘 시거를 피우고, 사자와 같이 전선前線을 누빌 때도 그의 배낭에는 항상 랭보 시집이 있었다고 한다. 하지만 그에게는 애이불상哀而不傷은 없고, 세상에 대한 적의와 불안만 가득했다. 그는 고독 씨가 아니다. 고독 씨는 왜 스무 살 청년 시인이 아닐까? 고독 씨는 왜 칠순 노철학자가 아닐까? 고독 씨는 젊고 늙었다. 고독 씨는 따뜻하고 차갑다. 고독 씨는 아름다운 질병이다.

사람이 태어나는 순간 울음을 터뜨리는 것은 고독하기 때문이다. 누구나 낯선 것들과 대면하는 일은 쉽지 않다. 사람으로 태어난다는 것이 공적으로 지탄받을 만한 행위도, 비밀스러운 그 무엇도 아니겠지만, 나는 어쩐지 고독했다. 먼저 태어난 사람들이 나를 함부로 내팽개친다는 느낌이 들었다. 불편하고, 수치스러웠고, 혼란스러웠다. 나는 앙, 하고 울음을 터뜨렸다. 내가 할 수 있는 게 그것밖에는 없었으니까. 납득이 가는가? 지구에 막 도착한 한 신생아의 고독이? 그것은 불가사의한 일이다.

혼자 막막하게 낯선 세계에 도착하는 여행자를 상상해 보라. 해는 저물고, 황혼의 붉은 빛이 거리를 비출 때 아는 이가 없는 낯선 도시에 여행자는 막 도착한다. 여행자의 마음을 파고드는 불안을, 외로움을, 두려움을 가만히 만져 보라. 누군가는 죽

고 누군가는 태어나는 이 세계에서 나는 혼자다. 혼자라는 자각과 동시에 고독이 쇠꼬챙이처럼 날카롭게 정수리를 꿰뚫는다. 미처 아픔을 느낄 새도 없이. 나는 피도 나지 않는 상처를 가만히 들여다본다. 그 찰나에 눈에서 눈물이 솟는다. 나는 깨닫는다. 고독하니까, 사람이다!

고독이 삶의 희귀한 사태는 아니다. '고독한 개인'은 어디서나 발견되는 현상이다. 고독의 본질은 '혼자'라는 데 있다. 악의 진부함에 물든 무리에게서 떨어져 '혼자' 떠돌 때, 낙오자의 느낌을 갖는 건 불가피하다. 무리를 용서할 수도 없고 용서하지 않을 수도 없는 새벽에 나는 고독했다. 그래, 이 새벽의 빛과 어둠, 바람에 부스럭거리는 마른 풀소리, 일찍 깬 수탉의 울음소리, 교접하는 자들의 저 짐승 같은 신음들, 죽어가는 자의 처절한 단말마, 신생아들의 울음소리를 남김없이 기억하마! 나는 이 고독으로 빚은 단 하나의 문장을 완성할 것이다.

흙벽을 긁어 입에 털어 넣으며 나는 뼛속에 고독의 문자 하나하나를 각인했다. 내가 기댈 수 있었던 사람은 고독 때문에 죽지 않는다는 점이다. 고독에도 불구하고 삶은 지속된다. 다만 사람들은 고독하다는 것을 부끄러워한다. 고독하다는 것이 어쩐지 내면의 나약성을 드러내는 징표로 여겨지는 까닭이다. 진실을 말하자면 고독은 나약함이 아니다. 고독한 순간은 내면의 견인주의堅忍主義를 키우는 계기적 순간이다. 아들아, 이것을 꼭 기억해라. 고독한 자만이 강해진다는 것을. 고독이 올 때 겁먹고 피하지 말자. 그것을 응시하고 씩씩하게 받아들이자. 혼자 밥 먹고, 혼자 일을 도모하고, 혼자 잠든다. 섣부른 사교의 쾌락이나 노릿한 연민은 거절하라. 징징대지 말자. 고독의 제왕학을 배우고 익히며 묵묵하게 10년, 20년, 30년을 견뎌보자. 고독은 자아에 떨어진 벼락이요, 불꽃이다! 그 불꽃으로 내 영혼은 타오를 수 있다. 나는 나를 낳은 고독의 태반을 삼킨다. 나의 고독은 나의 명예!

한때 나는 고독 씨에게 박해를 받고 폭행을 당했다. 미처 고독 씨를 알아보지 못해서 생긴 사태다. 고독 씨는 낯선 방문자다. 절대적이고 무서운 타자였다. 나는 고독 씨를 피해 달아날 궁리만 했지만 엉거주춤하는 사이 고독 씨에게 뒷덜미를 붙잡혀 버렸다. 그 순간 곧 깨달았다. 고독 씨야말로 저를 토벌하는 세계에서 도망친 나약한 존재라는 것을. 고독 씨는 마른 꽃잎

보다 더 메마르고 나약하다. 그런 고독 씨가 어쩌다가 내 내면을 은신처로 삼았다. 가엾은 고독 씨! 무리가 고독들을 하나하나 찾아내 처형하고 말살시킨다는 소문이 파다했을 때 내 내면에 숨은 고독 씨는 늘 불안에 떨었다. 고독 씨가 어느 날 아침 문을 두드렸다.

"혼자 있기 싫어." 고독 씨는 뱀처럼 똬리를 틀고 우울한 얼굴로 앉아 있었다.

"무슨 고독이 그러냐?"

"날 뭐라고 비난해도 좋으니 나와 함께 있어줘." 고독 씨의 표정이 한없이 불쌍하다.

"고독이라면 고독답게 굴어. 왜 이래? 아마추어도 아니면서." 나는 쌀쌀맞다.

"난 혼자 있는 게 두려워. 불안이라는 도끼들이 일제히 달려들어 내 이마를 찍어!" 고독 씨는 사뭇 애절하다.

"고독의 가문에서는 혼자 있는 걸 오히려 영예롭게 여겼어. 혼자 있는 게 두렵다는 건 고독답지 않아. 고독의 가문이 쌓아온 명성을 갉아먹는 짓이야. 한 마디로 더러운 행위지." 나는 더욱 쌀쌀맞다.

"혼자 있으면 죽을 것만 같은데." 고독 씨가 헐떡이며 말한다.

고독은 내면 자원을 소모시키는 사태가 아니다.

고독을 재능의 도약대로 삼아라.

고독은 문명 발달과 예술 창조의 원동력이다.

"그래도 견뎌 봐. 넌 고독이잖아!" 나는 끝까지 냉정함을 잃지 않는다.

저 고독 씨의 눈에 가득한 불안을 보라. 고독 씨의 영혼은 불안하다. 고독 씨야말로 진짜 고독한 처지다. 내가 그걸 안다고 해서 고독 씨를 도울 수는 없었다. 왜냐하면 고독 씨는 바로 내 그림자였으니까.

고독은 내면 자원을 소모시키는 사태가 아니다. 고독을 재능의 도약대로 삼아라. 고독은 문명 발달과 예술 창조의 원동력이다. 고독이 없었다면 파르테논 신전도, 타지마할도, 석굴암도, 스톤헨지도, 금강경도, 코란도, 성경도, 우파니샤드도, 천부경도 없었을 것이고, 예수도, 부처도, 바울도, 가섭도, 단테도, 괴테도, 퇴계도, 다산도 없었을 테다. 고독은 어머니, 대지, 하늘이다. 고독이 민주주의와 시장과 학문과 예술의 번영을 가져왔다는 사실은 누구나 다 아는 바다. 나는 고독의 자궁에서 나와 고독을 머리에 이고 꿋꿋하게 서 있다. 내 안에 고독이 울울창창하다. 내 안이 도서관이라면 고독은 무수한 장서藏書들이다. 나는 날마다 서가에서 고독의 장서들을 꺼내 읽는다. 고독은 한 줄기 빛, 한 소절의 노래, 하나의 정금! 제 안에 벼랑을 품고 사는 고독만이 모든 출생과 혼례를 축복할 수 있으리라.

잘살고 싶다면 고독의 정직함으로 세계를 응시하라. 고독의 통찰력을 빌려 써라. 고독의 초연함으로 진부한 악들을 무찌르고, 통속이나 권태와 싸워라. 고독의 용광로에서 정신을 담금질하라. 고독의 처절함으로 노래하라. 범속함으로 헐벗은 세계를, 고독의 신성함으로 풍요하게 하라. 고독이 되어 사막을 고독하게 횡단하라. 고독으로 세계에 침례를 베풀고 나락에서 구원하라.

당신에게

여름 초입인데, 햇빛은 벌써 빙초산같이 뜨겁습니다. 정수리를 꿰뚫듯 작열하는 땡볕 아래에서 존재 자체가 곧 녹아 내릴 듯합니다. 서운산 산딸나무는 흰꽃을 피우고, 산벚나무 열매는 까맣게 익어 갑니다. 오전 내내 감나무 아래를 돌아다니던 유혈목이는 그늘진 수돗가 시멘트 바닥에서 긴 몸을 늘어뜨린 채 쉬고 있습니다. 물통을 들고 나가다가 유혈목이의 휴식을 방해할까 봐 돌아섭니다. 해가 울울창창한 밤나무숲 너머로 지고, 황혼이 새의 깃털처럼 떨어지겠지요.

날개 달린 것들은 공중에 떠서 날고, 더위에 지친 날개 없는 것들은 지상에서 고즈넉한 저녁을 맞습니다. 내 안의 노동자도 문설주 아래로 내려오는 초록늑대거미를 바라보며 고요함

니다. 이 저녁 당신은 멀리 있고 나는 박복한데 그 박복이 데면데면하기만 합니다. 이 불운과 박복을 위로하려면 심오한 기쁨이 있어야겠지요. 그래서 '유리 감옥 주홍빛 밀랍에 갇힌'(보들레르) 포도주를 한 병 땄습니다. 그 붉은 포도주가 영혼으로 들어와 불러 줄 '빛과 우애 가득한 노래 한 곡'을 기다립니다. 모란 작약이 필 무렵 잠시 보았던 당신, 지금은 그 노래의 후렴처럼 아득하고 멀기만 합니다.

낮엔 안성 시내에 나가 '우정' 집에서 냉면 한 그릇을 먹고, 마침 장날이라 이곳저곳을 기웃거리다가 삼죽에서 왔다는 할머니가 벌여 놓은 노점에서 잡곡 몇 가지, 호박, 가지, 감자 따위를 샀습니다. 저녁이 되니 비바람이 갑자기 몰아쳐 나무들이 살랑댑니다. 폴 발레리의 「해변의 묘지」에 나오는 한 구절, "바람이 분다, 살아야겠다"가 저절로 입술 사이로 흘러나왔습니다. 결국 내가 삶에 지나치게 편향된 인간이란 걸 실토하지 않을 수 없네요. 모든 것을 버리고 비워서 얻은 자유에 대해 숙고합니다. 잘 살았다고, 스스로의 어깨를 두드려 주며 떠나고 싶습니다. 바둑에서 일국一局의 승패는 덧없는 것이지요. 결국은 삶도 마찬가지 아닐까요? '원하라, 가질 수 있느니!' 젊은 날에는 그렇게 뭔가를 쥐려고 열망했고, 그 열정으로 여기까지 달려왔겠지요. 소유하는 자는 결국 소유당한다는 깨달음을 갖게 된 건 천만다행이지요. 이제 적게 소유하며 한량으로 사는 것의 자유로움만이 내 것입니다. 그래서 '원하지 마라, 자유롭게 되리니!'라는 금언을 자꾸 가슴에 새기는 것이지요.

어느덧 밤입니다. 섬돌 밑 풀벌레 노래는 높고, 공중에 높이 뜬 달은 조도照度를 한껏 올린 채 뜰에 서성입니다. 검은 수풀 위로 반딧불이가 날아와 군무를 추었습니다. 집 안팎 불들을 다 끄고 오래 그 군무를 감상했습니다. 다시 불을 켜고『논어』를 읽었습니다. 공자는 조상의 제사를 지낼 때는 마치 조상이 눈앞에 있는 것처럼 하고, 신에게 제사를 지낼 때는 마치 신이 그곳에 있는 것처럼 하라고 말합니다. 그게 '예禮'라는 것이죠. 늦도록 책을 읽고 깜빡 덧창을 닫는 걸 잊은 채 잠이 들었나 봅니다. 서늘한 기운에 깨어나 덧창을 닫고 다시 무명 이불 속으로 들어가 남은 잠을 청합니다. 수백 마리의 새 떼들이 날아와 지저귀는 소리에 깨어나는 이 청량한 아침의 아늑한 늦잠이라니!

나이를 먹는 데도 여전히 꿈을 갖는다는 건 아름다운 일이지요. 그리스 여행을 위해 그리스어를 배우는 당신의 모습은 아름답습니다. 나는 삼백 가지의 꿈을 꾸고, 이백아흔아홉 개는 버렸습니다. 끝내 이루지 못할 게 분명하니까요. 그런데 나를 만든 건 바로 기어코 이룬 한 개의 꿈이 아니라 그 이백아흔아홉 개의 덧없이 버려진 꿈이었지요. '자신이 쓰지 않은 작품 속 주인공처럼 사는 법을 배우라'(에픽테토스)고 하는데, 잘 산다는 것은 뭐, 그런 걸까요? 삶을 만드는 건 우리가 걸어온 길이겠지만, 정작 우리 마음을 끌고 가는 건 가 보지 못한 그 수많은 길들 아니던가요?

풀잎에 맺힌 이슬은 함초롬하고, 빨래들은 잘 마르고, 잠은 달콤합니다. 여름에 이루어지는 이별의 예식들은 짧아야만 합니다. 여름은 생각보다 길지 않기 때문입니다. 하지와 추분 사이에서 황국黃菊과 뱀들의 전성시대는 짧게 끝나고 나무들은 저마다 제 발등 아래에 유순한 그림자들을 키우겠지요. 뜰안 대추나무 가지마다 매달린 대추들에 붉은 빛이 감돌겠지요. 그리고 곧 동지冬至의 밤들이 서리와 초빙初氷과 첫눈을 몰아오겠지요. 오늘밤도 당신에게 숙면의 축복이 함께 하기를 빕니다.

나는 삼백 가지의 꿈을 꾸고,

이백아흔아홉 개는 버렸습니다.

그것들은 끝내 이루지 못할 게

분명하니까요. 그런데 나를 만든 건 바로

기어코 이룬 한 개의 꿈이 아니라

그 이백아흔아홉 개의 덧없이 버려진 꿈이었지요.

침묵으로 말하기

몇 년 전 스산한 연말, 한 사립대학교의 대자보가 연일 화제였다. “시골 마을에는 고압 송전탑이 들어서 주민이 음독 자살을 하고, 자본과 경영진의 ‘먹튀’에 저항한 죄로 해고 노동자에게 수십억의 벌금과 징역이 떨어지고, 안정된 일자리를 달라 하니 불확실하기 짝이 없는 비정규직을 내놓은 하수상한 시절에 어찌 모두들 안녕하신지 모르겠습니다!”라고 작금의 현실을 비판하는 대자보가 연쇄반응을 일으켰다. 대학마다 대자보들이 잇달아 나붙었다. 이 하수상한 시절에 혼자만 안녕하다는 것이 가능하냐? 그 ‘안녕함’이란 결국 약자의 고난과 역경, 불행의 곡절들에 눈 감고 귀 막으며, 강자의 불의에 굴종하며 얻은 비겁한 사익私益이 아니냐? 심장에 화살이 꽂힌 듯 이 대자보의 전언傳言에 가슴이 뜨끔하다.

의료 민영화로 불거진 갈등, 국정원과 군의 정치 개입 의혹, 선거 결과에 불복종하자는 선동, 북한의 제2권력자가 중앙정치국 회의 중에 끌려 나가 사형당한 사태, 이런 사태들로 파장이 커지는 가운데 말들이 바글거리며 난무한다. 트위터나 카카오톡이나 페이스북 같은 SNS들이 부지런히 퍼 나르고, 대중매체들이 널리 퍼뜨리니 나라 안이 온통 말들로 시끄럽다. 이 말들이 항상 진실을 담고 진리를 전하던가? 많은 말들이 진실을 구부리고 진리를 왜곡하지 않았던가? 사람살이는 말로 이루어진다. 말이 자기 인식과 감정을 전달하는 도구이고, 사람과 사람 사이, 사람과 대상 사이를 이으며, 직접적인 소통을 매개하는 까닭이다. 사람은 말을 함으로써 비로소 온전한 사람이다. 말은 사람살이의 핵심이다. 한계와 장벽들을 넘어서 가능성을 확장하며, 결국 됨의 존재로 나아가는 동력도 말에서 나온다. 그와는 거꾸로 동물은 말이 없기에 사회적 됨의 존재가 되지 못한 채 동물성이라는 개별성의 한계에 갇혀 산다.

말이 유용하고 꼭 필요한 도구이나 어떤 말들은 타락으로 물든다. 더러는 말들이 불순하고 무의미한 소음으로 전락해서 음모론의 매개가 되기도 한다. 한 조각의 진실도 없이 사회를 소란스럽게 만들고, 설레발치며 진실을 가리는 말들을 의사이자 철학자인 막스 피카르트는 '잡음어'라고 말한다. "잡음어는 인간으로부터 튕겨져 나와 인간의 주변을 빙글빙글 돈다.", "인간은 태초부터 잡음어에 반응하여 허둥거렸고, 잡음어에 쫓겨 달아났다. 잡음어와 함께 그 어떤 무엇이 인간의 앞에서 허둥지둥 움직이고, 인간은 거기에 휩쓸려 함께 허둥거린다."[31] 사회가 어지러울 때마다 잡음어는 오직 덩어리로, 질량으로 떠돌며 혼란을 부추기고, 우매한 이들을 쥐고 흔들며 부화뇌동으로 이끈다. 잡음어의 생태계에서 침묵은 아무 가치가 없는 것으로 묵살당하지만, 침묵은 맑은 물이 솟는 우물같이 말을 정화하는 원천이 된다.

처음 시골로 내려왔을 때 종일 아무도 찾는 사람이 없었다. 아이들은 슬하를 떠나고, 아버지가 돌아가시고 혼자 남은 노모는 서울에서 끼니를 끓이며 살았다. 나는 시골에 뚝 떨어져 혼자 고립된 섬이었다. 침묵을 사유화하는 버릇은 고립된 탓만은 아니다. 어쩌면 내가 미처 몰랐던 생래적 기질이었는지도 모른다. 두더지들이 마당에 땅굴을 파고 돌아다니는 시골에서 침묵은 내 천직天職이었다. 새벽에 개를 데리고 버드나무가 도

침묵은 맑은 물이 솟는 우물같이 말을 정화하는 원천이 된다.

립해 있는 호숫가를 산책할 때 흐르는 물은 무언가를 부르는 노래였다. 흐를 수 없는 땅을 위한 위로의 노래였다. 내가 침묵하니 새벽 물가에 서면 그 노랫소리들이 낭낭하게 울려 퍼졌다. 잔잔한 물결로 덮인 수면은 물의 지붕이었다. 나는 그 물의 지붕이 푸른색인 게 마음에 들었다.

버드나무들은 호수의 푸른 물 안쪽을 눈여겨보았다. 버드나무들이 가끔 내 형제이자 자매, 이모이자 고모인 척했지만 나는 모른 척했다. 버드나무들의 고요가 더러는 지루했음으로 나는 산책에서 돌아와서는 차를 마시고 책을 읽었다. 끼니 때는 안성 추청미를 씻어 밥물을 앉혔는데, 밥이 될 때까지 기다리는 시간은 평화로웠고, 그 평화는 울퉁불퉁하지 않고 균질했다. 마음이 정처를 찾아 몸이 살아야 할 삶을 설계했다. 오후에는 우체부가 가져올 신문을 느긋하게 기다렸다. 안성에 내려온 뒤 시내에 있는 신문지국을 찾아가서 신문 구독을 신청했는데, 반나절이나 늦게 배달되니 신문은 언제나 구문이었다. 기다리는 시간들은 언제나 울퉁불퉁했고, 그 울퉁불퉁 때문에 마음이 자주 튀어 올랐다.

시골에 내려와서 나는 불가피하게 물방울의 친구이고, 버드나

무의 친인척이었으며, 침묵에 깊이 연루된 사람이 되었다. 내가 늘 침묵을 지키는 자였기에 침묵에 대해서라면 몇 마디쯤은 할 수가 있다. 침묵이 "강자들의 광휘요 약자들의 피난처"(샤를르 드 골)임을, 그리고 "심리적 혼란과 광기는 내면의 소음들이다. 균형과 평화는 내면의 침묵들"(마르크 드 스메트)이라는 것을 알았다. 침묵은 책을 읽다가 무릎이 시리면 자주 끌어다 덮는 담요 같은 것이었다. 침묵을 끌어다 존재의 가난을 가리는 담요로 쓴 것은 한없이 나약한 존재였기 때문이다. 나는 세상에 들끓는 온갖 말들에 귀를 막고 지금 어디선가 누군가 침묵하는 이의 고독을 생각한다. 말들로 들끓는 세상에서 오로지 침묵으로 말을 대신하고 있는 이들의 진실을 놓칠까 두려운 까닭이다.

최소의 언어로 찰나를 겨냥하는 하이쿠

추분 지나면서 낮은 짧아지고 밤이 길어진다. 서리 내리고, 곧 얼음 얼겠다. 초빙이 얼고 북풍 몰아치는 밤에 문득 깨어나 칠흑 같은 어둠과 마주한 적이 있었지. 괜히 벽에 머리를 쿵쿵 박으며 속으로 물어보았지. 천 년 뒤에 나는 어디에 있을까?

밤은 길고 나는 누워서 천 년 뒤를 생각하네.

천 년 전 나 같은 사람이 또 있었나 보다. 마사오카 시키라는 하이쿠 시인이다. "인생은 순간, 믿지 못하겠거든 번개를 보게"라고 하이쿠의 거장 바쇼는 썼다. 하이쿠는 일체의 잉여를 배제하고 한 줄의 궁극에 닿음으로써 언어 낭비를 죄로 만들고, 탐욕을 추문으로 돌린다. 현대의 긴 시들이 수사학적 노동이라면, 하이쿠는 최소의 언어로 찰나를 겨냥하고 본질을 꿰뚫는다.

1960년대 일본을 찾은 프랑스 철학자 롤랑 바르트는 17자로 응축한 하이쿠에서 "원인 없는 사건, 인간 없는 기억, 닻줄 없는 언어"를 보고, 그것에는 "붙잡을 수 있는 중앙부, 즉 광휘의 핵심부가 없다"라고 썼다. 하이쿠에서 불교의 무無와 선禪의 깨달음에 상응하는 빛을 보고, 단박에 매혹당한 것이다. 하이쿠는 언어의 고군분투가 아니라 차라리 언어가 지시하는 의미에서 달아난다. 하이쿠는 직관이고 계시이며 해탈 그 자체이다. 의미를 지시하지 않는 언어에 덧붙이는 해석이란 사족蛇足, 쥐뿔, 헛발질에 지나지 않는다. 당신은 하이쿠라는 17자로 이루어진 말 화살을 맞은 적이 있는가? 가을 긴 밤 하이쿠는 즐겁게 읽고 금세 잊어도 좋다.

이 가을 저녁 인간으로 태어난 것이 결코 가볍지 않네.

고바야시 잇사는 노래한다. 바람이 불 때마다 단풍나무의 붉은 잎들이 우수수 지며 흩날릴 때 이 구멍 저 구멍에서 귀뚜라

미들이 튀어나온다. 달 높이 뜨고, 득음한 풀벌레 청아한 소리 드높아지면 무덤 도굴꾼들조차 문득 저희가 하는 짓을 덧없다 여겨 잠시 연장을 쥐었던 손을 놓고 이게 과연 옳은 일일까, 하고 의문에 잠긴다. 이 해거름, 나는 태초에 형체도 없고 모습도 없었는데, 어쩌다가 인간으로 태어났을까. 알 수 없다. 알 수 없으므로 이 생은 가볍지 않다. 생이 무겁다면 죽음은 가벼운 것이겠지. 저 2,500년 전 장자는 아내의 주검을 윗목에 두고 장구를 두들기며 노래를 했지. 생이라는 무거운 굴레를 벗고 홀가분하게 애초에 있던 곳으로 돌아감을 기뻐했다. 오는 새벽엔 땅에선 나무 닭이 울고, 북쪽 하늘에선 별들이 울며 지겠다.

울지 마라, 풀벌레야, 사랑하는 이도 별들도 시간이 지나면 떠나는 것을!

다시 잇사의 하이쿠. 가을이 지병처럼 깊어가니, 도처에서 풀벌레들이 요란스레 운다. 나는 어떻게 소리를 듣는가? 내가 소리를 듣는 것은 특정한 소리가 지닌 물리적 진리를 자각하려는 본능 때문이다. 소리는 위험과 기회를 식별하게 만드는 신호다. 동물에게 청력聽力은 생존과 불가분의 관계가 있다. 포유

류가 제 청각 기관을 완성하는 데 2억 년이 걸렸다. 온갖 소리를 듣는 귀의 값으로 따지자면 천문학적인 수치로 표기할 만큼 비쌀 테다. 이 정교한 소리 채집 기계를 우리는 얼굴의 좌우 양쪽에 달고 산다. 두 귀가 똑같은 찰나로 같은 소리를 듣는 것은 아니다. 소리가 한쪽 귀에서 반대쪽 귀까지 가는 데 몇 마이크로 초가 걸린다. 그 차이로 양쪽 귀 사이의 두개골에 '소리 그늘'이 생긴다. 나는 두 귀로 가을밤 풀벌레 울음소리를 듣는것인데, 울음은 풀벌레가 갖춘 우주적 지성이고, 음향학적 교양이다. 가을밤은 풀벌레들의 교양으로 충만하다. 아, 달밤에 풀벌레가 우니, 먼 데 있는 사랑하는 이도 혼자 울겠다.

달에 손잡이를 매달면 얼마나 멋진 부채가 될까?

소칸의 하이쿠는 천진한 물음이다. 둥근 달은 어둠 속에 하얀 가면을 쓰고 나타난 태양이다. 오로지 밤에만 펼쳐지는 달의 철학이란 낮의 태양에 대한 고찰이고 명상이다. 달은 밤의 야경꾼으로 어두운 골목골목을 하나도 빠짐없이 비추고 돌아다닌다. 달의 반려동물로 어울리는 것은 고양이다. 달밤에는 발정 난 고양이의 울음소리를 들으며 보들레르 시집을 읽기에

안성맞춤이다. 달은 주기에 따라 크기와 모양이 달라지고, 각각 초승달, 상현달, 보름달, 하현달, 그믐달로 불린다. 초승달은 막내딸 같고, 하현달은 헤어진 애인 같다. 달은 따먹을 수 없는 하늘에 매달린 과일이다. 달에 손잡이를 매달면 멋진 부채가 될 거라는 옛 하이쿠 시인의 상상은 어린아이의 그것과 같이 천진난만하고 철이 없다. 1969년 아폴로 11호를 타고 달에 착륙한 지구인이 발자국을 찍었다. 달에는 아직 그 발자국 남아 있겠지.

이 숯도 한때는 흰 눈 얹힌 나뭇가지였겠지.

타다토모는 노래한다. 두말 할 나위 없이 숯은 검다. 숯이 처음부터 숯인 건 아니다. 옛 시인은 까만 숯에서 흰 눈 얹힌 나뭇가지의 내력을 추적한다. 숯이 온몸으로 드러내는 검정색은 음양학陰陽學에서 음의 기운을 품는다. 양이 높고 따뜻하다면 음은 춥고 낮다. 오행으로 풀면 검정색은 계절로는 겨울, 방위로는 북쪽이다. 숯, 까마귀, 검둥개, 흑암신黑闇神 따위가 검다. 검은 것으로 치자면 오계烏鷄도 빠지지 않는다. 오계는 뼈와 깃털, 껍질, 살, 발톱, 부리, 눈까지 다 검다. 고려 말 신돈이 오계로 정력을 보충하고, 조선 숙종 임금이 오계로 중병을 떨치고 일어났다 한다. 대체로 건강에 좋은 것들은 검은색이다. 가을 햇살이 여섯 자 장지문을 환하게 물들이는 시골집에서 파초와 모란과 작약을 심고, 마당에는 오계 열댓 마리 풀어 놓고 키우며 살고 싶다.

고요 예찬

오늘은 내 생일이다. 안성 추청미로 밥을 짓고, 미역국을 끓이고, 시금치를 살짝 데쳐 무쳤다. 음식을 정갈한 그릇들에 담아 먹었다. 지구라는 행성에 온 지 예순 번째 생일을 혼자 자축하는데, 돌이켜 보니 좋은 날도 있었고 그렇지 않은 날도 있었다. 하릴없이 좋은 날과 그렇지 않은 날을 더하고 빼며 셈을 해보니, 좋은 날들이 더 많았다. "고요히 앉아 보지 않고는 바쁨이 얼마나 신속하게 우리의 정신을 소모시키는지 알지 못한다. 이리저리 불려 다녀 보지 않고선 한가함이 얼마나 참되게 우리의 마음을 길러주는지 알지 못한다."[32] 한가함으로 마음을 길렀으니, 나쁘지 않은 삶이었구나, 한다

삶의 안쪽에는 다양한 무늬들이 있다. 내가 좋아하는 것들과

싫어하는 것들이 만든 무늬다. 나는 매화, 모란, 작약을 좋아한다. 나는 가을의 달, 바다, 대숲, 사막, 황무지를 사랑하고, 학교, 병원, 감옥, 군대 막사, 공장 들을 싫어한다. 나는 바닷가, 서리 내린 들판, 고대 유적지, 절들, 섬, 항구, 별을 관측하는 천문대를 좋아한다. 햇빛, 의자, 대나무, 정원, 숲길, 제주도, 거문고 소리, 가을 풀벌레 울음소리를 좋아한다.

평생 책을 좋아해서 열심히 찾아 읽었다. 시집을 좋아하고, 바흐와 비틀스를 좋아하고, 철학책을 사랑한다. 파블로 네루다의 시를 좋아하고, 폴 오스터의 소설을 좋아하고, 발터 벤야민과 롤랑 바르트의 책들을 좋아하고, 바슐라르나 막스 피카르트의 책들을 피붙이 같이 여긴다.

게으름을 피우는 것, 빗소리 들으며 낮잠을 자는 것, 그리고 바둑이나 포커 따위의 잡기를 좋아한다. 순두부, 두부 튀김, 청국장, 무국, 호박젓국, 떡국, 팥죽, 적포도주를 좋아한다. 찬이 화려하지 않아도 소박한 밥상을 좋아한다. 어머니가 멸치 국물에 말아 주는 국수를 좋아하고, 무작정 걷는 걸 좋아한다. 나는 날마다 걷는다. 들길, 오솔길, 호숫가 주변의 길들, 산길,

고요히 앉아 보지 않고는 바쁨이 얼마나 신속하게
우리의 정신을 소모시키는지 알지 못하고, 한가함이 얼마나 참되게
우리의 마음을 길러 주는지 알지 못한다.

시골길, 호젓한 도시 주택가의 골목길을 가리지 않고 걷는다.

개, 뱀, 자라, 개구리 따위를 먹지 않고, 사슴 피, 곰의 쓸개즙 따위 일체의 강장식품이라고 선전되는 것들을 질색한다. 혼자 있는 것, 심심함, 사색, 연못, 음악을 듣는 것, 고요를 좋아한다. 여행을 꽤나 다녔다. 젊은 시절부터 먼곳을 돌아다녔는데, 셈해 보니 서른 개 나라, 나라 밖에 있는 백여 군데가 넘는 도시들을 부지런히 돌아다녔다. 그보다 더 많을지도 모른다. 프라하, 베네치아, 피렌체, 시드니, 부다페스트, 베를린, 하이델베르크, 빈, 암스테르담, 이스탄불, 크레타, 산토리니, 교토, 아바나, 항주, 시안, 뉴욕이 좋았다.

배우는 걸 좋아해서 그림을 배우고, 목판화를 배우고, 프랑스어를 배우고, 수영을 배우고, 빵 굽는 법을 배웠다. 이것저것 배웠지만 빼어나게 잘 하는 것은 없다. 크게 아파 병원에 실려 간 적이 없다. 이것만으로도 인생이 성공했다고 말할 수 있지 않을까? 서점, 골동품점, 미술 전시회, 음악회 가는 걸 좋아한다. 유쾌하고 거짓이 없고 겸손하고 변덕을 부리지 않고 잘 웃는 사람을 좋아한다. 많이 아는 사람, 남에게 잘 베푸는 사람,

요리를 좋아하는 사람, 그림을 잘 그리는 사람, 나무를 잘 다룰 줄 아는 사람, 가구를 만드는 사람, 집을 짓는 사람, 남을 웃기는 재주를 가진 사람을 좋아한다. 운명이 내 편일 때 자만하거나 무모하지 않은 사람이 좋다. 운명이 등을 돌릴 때 참고 기다릴 줄 아는 사람이 좋다.

내가 겪은 낮과 밤들. 내가 겪은 보람과 시련들. 그간의 우여곡절과 파란만장함이라니! 나는 밀랍으로 새의 깃털을 붙이고 날아오른 이카루스처럼 태양 근처까지 갔다. 내 주변에는 항상 숱한 태양들이 떠 있었다. 나는 정말 위태로울 수도 있었지만 다행히도 살아남았다. 그것만으로도 행운이라고 말할 수 있지 않을까? 무엇보다도 작고 단순한 삶이 주는 기쁨과 온갖 지식을 구하며 살았으니, 그것만으로도 내 삶은 고요하고 아름다웠다고 할 수 있지 않을까?

걷기 예찬

지난해(2015년) 9월 한 달 동안 시드니에서 머물며 날마다 걸었다. 시드니의 하늘은 투명하고 바다는 푸르렀으며 바람은 상쾌했다. 바다를 끼고 펼쳐지는 그림 같은 길들을 걸으며 행복을 만끽했다. 그 기쁨 속에서 내가 살아 있다는 느낌이 푸르게 물결쳐 오곤 했다. 걷는 동안 오감이 활짝 열리고 외부의 소리, 맛, 냄새, 질감들이 내 안으로 스며들었다. '나'라는 존재가 개조되고 새로이 빚어지는 듯했다.

서울로 돌아와서 손목에 웨어러블 기기를 차고 날마다 걸었다. 나는 왜 그토록 걷는 것을 좋아할까? 걷기는 몸을 써서 여기에서 저기로 이동하는 행위다. 걸을 때 나는 머뭇거리거나 불평하지 않는다. 기꺼운 마음으로 그 기회를 받아들인다. 벗

꽃 만개한 봄날에도, 땡볕이 내려쬐는 한여름에도, 노랗게 물든 은행나무 잎들이 우수수 떨어져 바람에 날리는 가을날에도, 폭설 내린 차가운 겨울 한낮에도, 나는 걸었다. 찬바람을 온몸으로 맞으며 걸으면 기분이 좋아지는데, 내 두 눈은 주변 풍광들을 빨아들이고, 두 팔은 앞뒤로 흔들며 두 다리를 씩씩하게 앞을 향해 내딛는다.

새벽에 일어나 글을 쓰거나 책을 읽는데, 쓰고 읽는 것은 몸을 부동한 채로 눈과 뇌만을 쓰는 일이다. 일종의 정신 노동이다. 이 노동을 몇 시간 하고 나면 뇌에 과부하가 걸린다. 반드시 쉼이 필요하다. 그러면 나는 읽던 책을 덮고 쓰던 글을 멈추고 바깥으로 나간다. 걷기는 외부 동력을 이용하지 않는 여행이고, 존재의 약동이며, 존재의 광합성 운동이다. 걷는 동안 마음에 어지럽게 널려 있던 생각들이 정리되고, 잡다한 생각의 조각들은 융합되며 새로운 생각을 낳는다. 늘 새로운 생각을 글로 써야 하는 직업을 가진 내게 걷기는 휴식과 충전의 기회이다. 걷기의 효과는 무엇보다도 사유와 감각의 풍요화를 일군다.

걷기는 빛으로 가득 찬 누리 속에서

자유와 고요함 속에서 몸을 끌고 나아가는 일이고,

전진의 리듬에 몸을 맡기는 일이다.

걷기는 하늘과 태양과 바람을 가슴으로 품는 일이고, 빛으로 가득 찬 누리 속에서 자유와 고요함 속에서 몸을 끌고 나아가는 활동이다. 전진의 리듬에 존재를 내맡기는 이 무보상적 행위를 통해 얻는 것은 전적으로 무해한 기쁨이다. 날마다 하루의 일부를 쪼개 걷기에 나서는 것은 그것이 내면을 기쁨으로 채우는 활동이기 때문이다. 이 활기찬 활동은 귀한 시간을 쪼개서 할 만한 가치가 있는 일이다. 걷기는 존재의 충만한 경험이고, 자기 성찰의 계기적 시간이며, 살아있는 기쁨을 오롯한 기쁨으로 만끽하는 기회인 까닭이다. 걷고 나면 무겁던 몸의 감각은 살아나고, 둔중하던 기분은 훨씬 가벼워지며, 마음은 환희로 가득 찬다.

한가로이 걷는 사람이 얼핏 게을러 보일 수도 있다. 산책자는 그 본질에서 일하는 자가 아니라 노는 자이기 때문이다. 노동이 삶을 반듯하게 세우고, 자아실현을 위해 꼭 필요하지만, 사람은 일만 하기 위해 태어난 게 아니다. 한 세기 전 어느 현자는 이렇게 적었다. "삶을 노동에 바쳐서도 안 되고, 노동을 위해 살아서도 안 된다."(헨리 데이비드 소로) 노동은 자발적이고 반드시 휴식과 함께 병행되어야 하는데, 그렇지 않으면 자의

적인 것이든 타의적인 것이든 노동의 노예로 전락하기 때문이다. 걷기는 불가피한 현업에서의 일시적인 후퇴이고, 노동의 예속에서 풀려나 주권을 되찾고 제 몸을 제 의지대로 쓰면서 존엄을 회복하는 활동이다. 그런 점에서라도 걷기는 널리 장려되어야 한다.

걸어라, 행복해지기 위하여! 들을 가로지르고, 더러는 산 능선을 따라 하염없이 나아가며, 바닷가를 끼고 걸어라! 상상하고 생각을 곱씹으며 걷는 동안 생각은 가지런해지고, 의혹과 혼란의 먹구름은 말끔하게 걷힌다. 그 다음 가슴 한켠에 맑은 샘물이 솟듯 기쁨이 솟아나는 것이다. 시드니에서 한 달간 걷고 서울로 돌아와서 그 경험을 녹여 『우리는 서로 조심하라고 말하며 걸었다』(난다, 2015)라는 책을 썼다. 이 책에서 나는 걷기가 세계를 느끼는 관능에로의 초대라는 것을 밝혔다. 걷는다는 것은 세계를 온전하게 경험한다는 것이다. 이 책이 색다른 뜻에서 여러 매체의 주목을 받았지만, 그렇다고 걷기 예찬의 책이라는 본질이 달라지는 것은 아니다.

자유롭게 산다는 것

『그리스인 조르바』를 처음 읽었을 때, 나는 한창 젊었다. 너무 젊어서 무엇을 위해 살아야 할지, 내게 주어진 그 많은 시간들을 어떻게 써야 할지를 알지 못했다. 삶의 본질들을 찾고, 매이지 않은 자유 의지로 살고 싶어 닥치는 대로 서책들을 구해 읽으며 그 해답을 구했으나 요원했다. 정신은 무르고, 의지는 나약했으니, 눈앞에 버티고 서 있는 '생'은 꿈쩍도 하지 않는 무적無敵이었다. 거의 날마다 시립 도서관 참고 열람실에 처박혀 책을 읽거나, '르네상스'나 '필하모니'의 구석에 숨어 종일 음악을 듣는 일로 스스로를 방기하고 무위도식했다. 더러는 북한산 골짜기의 주인을 알 수 없는 무덤가에서 한나절을 뒹굴다 오거나, 시외버스를 타고 나가 안양의 철지난 유원지를 걷다가 돌아오곤 했다. 최소한도 '납득할 수 있는 생'을 살

수만 있다면, 나는 부나 명예 따위는 필요 없다고 생각했다.

『그리스인 조르바』— 크레타의 햇빛과 진흙, 그리고 바다를 섞고 그 질료로 빚어 낸 인간 조르바의 이야기를 담은 소설이다. 젊은 작가 카잔차키스는 항구의 술 냄새와 사람 냄새가 뒤섞여 진동하는 한 카페에서 한 늙수구레한 노동자를 만난다. 노인은 책만 읽으며 살아온 젊은 작가에게 다짜고짜 "날 데려가시겠소?"라며 접근한다. 카잔차키스가 34세일 때 전쟁으로 석탄 연료가 부족해지자 우연히 오가다 만난 기오르고스 조르바라는 노동자를 고용해 펠로폰네스에서 갈탄 탄광 개발 사업을 벌인다. 그 사업은 여섯달 만에 실패한다. 조르바는 책만 읽고 살아온 젊은 작가의 머리와 영혼을 송두리째 흔들어 놓는다. 그들은 여섯 달 동안 먹고, 마시고, 웃고, 놀고, 바닷가에서 밤새워 얘기를 나눈다. 갈탄 사업은 실패하고 자본금을 다 털어먹고 거덜이 났지만, 그는 이렇게 고백하기에 이른다. "굶주린 영혼을 만족시키기 위해 오랜 세월에 걸쳐 책과 선생들에게서 받아들인 영양분과, 겨우 몇 달 사이에 조르바에게서 얻은 꿋꿋하고 용맹한 두뇌를 돌이켜보면 나는 격분과 쓰라린 마음을 견디기가 힘들다." 작가는 조르바 앞에서 그토록 수치를 느꼈던 적은 없었다고 고백한다.

그들은 곧 헤어졌고, 제각각 갈 길을 간다. 카잔차키스는 간간이 조르바의 소식을 듣는다. 조르바는 세르비아에서 마그네사이트 광맥을 찾아내 물주를 끌어들여 갱도를 뚫는 사업으로로 한 몫을 챙기고, 예쁜 과부인 류바라는 여인과 결혼해서 아이도 낳는다. 두 사람은 태풍 속에서 서로를 잃기도 하고, 간혹 가느다란 인연의 끈이 전하는 소식을 접하기도 한다. 카잔차키스는 58세 되던 해인 1941년에 「조르바의 성스러운 삶」이라는 소설을 쓰기 시작하여, 1943년 63세 때 완성한다. 굶주림과 살육의 광기들이 세계를 지배하던 그 시절 종이와 잉크에 의지해 삶을 가로질러 가려 했던 한 영혼의 내면에 깊은 자국을 남긴 채 지나간 위대한 이야기는 그렇게 세상에 나왔다.

2013년 여름, 나는 지중해를 여행하며 흠모하는 그리스 국민작가 니코스 카잔차키스의 무덤에 붉은 꽃 한송이를 바치려고 크레타 섬을 찾아갔다. 그 가슴 벅찬 순간이라니! 그동안 나는 이 소설을 몇 번이나 읽었던가! 이 소설에 열광을 하며 여러 번 읽다 보니, 문장들을 거의 외울 지경이 되고 말았다. "진정한 행복이란 이런 것인가. 야망이 없으면서도 세상의 야망은 다 품은 듯이 말처럼 뼈가 휘도록 일하는 것……. 사람들에게서 멀리 떠나, 사람을 필요로 하지 않되 사람을 사랑하며 사는 것……. 성탄절 잔치에 들러 진탕 먹고 마신 다음, 잠든 사람들에게서 홀로 떨어져 별은 머리에 이고 뭍을 왼쪽, 바다를 오른쪽에 끼고 해변을 걷는 것…….”[33] 이 문장을 가장 좋아한다. 조르바는 실존 인물이다. 도자기를 빚는 녹로를 돌리는데 손가락이 걸리적거리자 주저하지 않고 단박에 잘라 버린 사내, 세상을 방랑하며 만난 숱한 여인들과 사랑을 나누고 여인들의 음모陰毛를 모아 베개를 만들어 베는 사내, 산투리를 연주하며 세상을 떠도는 삶을 기꺼워하며 술과 음식과 여인만 있다면 더는 아무것도 바라지 않는다는 사내, 뼛속까지 자유인이던 그가 바로 조르바다. 『그리스인 조르바』는 야성적이고 호방하며, 삶을 사랑하고 죽음을 두려워하지 않는 한 노동자의 삶을 통해 위대한 영혼이 어떤 것인가를 보여 준다.

꿈을 좇아가라

영국의 비평가이자 역사가인 토머스 칼라일Thomas Carlyle은 "오늘은 영원 속의 오늘. 오늘보다 더 중요한 날은 없다"라고 말했다. 오늘은 오늘의 일들로 가득 차고, 내일은 내일의 일들로 가득 차 있다. 오늘과 내일은 분명 다른 날이다. 오늘 살아 있다는 사실보다 더 분명한 진리는 없으니 오늘을 사는 것은 그 진리에 충실한 것이다. 날마다 맞는 오늘에 의미를 부여하며 살면 의미 있는 삶이 가능하다. 그 의미를 담은 하루하루가 모여서 인생이 되는 것이니, 인생은 분명 의미로 가득 찰 것이다. 오늘에 의미를 부여하고 오늘이 마치 삶의 마지막 날인 것처럼 살라.

칼라일은 두 종류의 사람을 존경했다. 첫째, 흙으로 만든 도

구로 땅을 일궈 인간의 것으로 만드는 노동을 하며 나이가 든 장인이다. 장인들은 경험을 소중히 여기며 숙련된 노동으로 제 일을 한다. 두 번째는 입으로 들어가는 빵이 아니라 생명의 빵을 위해 애쓰는 사람이다. 세상에는 성실한 장인도 필요한 만큼 생명의 빵을 위해 애쓰는 사람도 필요하다. 아마도 수도자들은 칼라일이 말하는 두 번째 유형의 사람일 것이다.

폴란드 남부의 한 가난한 랍비 에이시크는 어느 날 밤 꿈을 꾸었다. 그가 사는 도시에서 먼 프라하의 벤첼라스 다리 두 번째 기둥 밑에서 엄청난 보물을 찾는 꿈이었다. 똑같은 꿈을 연달아 세 번이나 꾸었다. 랍비는 그 꿈을 좇아 길을 떠나 몇 주일 동안 걸어서 보헤미아의 수도 프라하에 도착했다. 벤첼라스 다리를 찾아갔지만 보초들이 지키고 있었다. 랍비는 다리에 다가가지 못한 채 꿈에서 보았던 두 번째 기둥만을 뚫어지게 바라보다가 돌아갔다. 그 다음 날, 그 다음 날도 그랬다. 아침마다 다리에 나가 그러기를 며칠 동안 되풀이했다.

어느 날 장교가 그에게 다가와서 왜 아침마다 이 다리를 찾아오는지를 물었다. 랍비가 꿈 얘기를 털어놓자 장교는 웃었다.

"이런 불쌍한 사람을 봤나! 고작 꿈 때문에 그 먼 곳에서 여기까지 왔단 말이오?"

그러면서 자기 얘기를 했다.

"사흘 전부터 내 꿈에 계속 이런 목소리가 들렸소. 날더러 폴란드의 크라푸트에 가서 에이시크라는 랍비 집의 제일 어두컴컴한 구석의 난로 뒤를 파보라나……. 그곳에 보물이 숨겨져 있다고!"

장교는 그 말을 하고 다시 웃었다.

"내가 그 꿈을 믿고 그 먼 곳까지 갔다면 사람들이 뭐라고 그러겠소? 아마 나를 미쳤다고 했겠지. 당신도 그만 정신 차리고 집으로 돌아가시오."

랍비 에이시크는 그 장교의 말을 듣고 번쩍하는 영감이 떠올라 곧 바로 크라푸트의 집으로 돌아왔다. 자기 집에서 가장 어두컴컴한 구석의 난로 뒤를 파헤치자 그곳에서 엄청난 보물이 쏟아져 나왔다. 랍비는 그걸로 가난을 청산하고 기도의 집을 지었다.

크리스티안 생제르의 『우리 모두는 시간의 여행자이다』라는 책에서 읽은 이야기다. 실제 이야기가 아니라 우화寓話다. 랍비 에이시크와 벤첼라스 다리를 지키는 장교는 삶을 대하는 두 가지 서로 다른 태도를 보여 준다. 현실에 두 종류의 사람들이 있다. 꿈을 좇아가는 사람과 꿈을 망상으로 여기고 버리는 사람 말이다. 랍비 에이시크가 날마다 생명의 빵을 위해 기도하는 사람이라면, 세속적인 자기 일에 충실한 장교는 후자의 유형을 대표한다. 두 사람의 삶은 어떻게 다를까?

꿈은 욕망도 망상도 아니다. 꿈은 미래 비전이다. 그러니 작은 꿈이라도 상상력이라는 자양분을 주어 꿈을 키워라. 당신이 정성을 다한다면 꿈은 쑥쑥 자라난다. 꿈은 당신의 삶을 지탱해 주고, 당신의 성장을 돕는다. 꿈을 포기하지 않는 사람은 랍비 에이시크가 그랬듯이 위험을 안은 여행조차 마다하지 않는다. 꿈을 좇아 집을 떠나 몇 주 동안을 걸어서 보헤미아의 수도를 찾아간 에이시크는 드림 워커Drean Worker다. 즉 꿈을 좇는 사람은 내면의 소리를 듣는 사람이다. 꿈을 좇는 사람만이 꿈을 이룬다. 꿈이 없으면 성장은 멈춘다. 성장을 멈추는 순간 사람은 늙는다. 꿈을 꾸지 않으면 기적도 없다. 기적은 오로지 꿈꾸는 자들의 몫이다. 당신은 어느 쪽을 따르겠는가?

백석이 드리운 그늘의 미학

백석은 북방의 시인이다. 1912년 평북 정주에서 출생했다. 본명은 백기행이다. 1935년 시 「정주성」을 발표하면서 등단하고, 이듬해에 첫 시집 『사슴』을 출간하면서 조선일보사를 그만두고 함경남도 함흥으로 가서 영생여자고등보통학교 교사가 되었다. 교사 생활을 그만둔 뒤에는 만주를 거쳐 안동, 신의주 등지를 방랑했다. 해방이 되자 고향 정주로 돌아가 시작詩作 활동을 하다가 전쟁 뒤 북한에 남았다. 1960년대 이후 한동안 생사가 확인되지 않아 죽은 것으로 알려졌지만, 통영의 '란'과 나타샤와 당나귀와 북방의 음식들과 기후들과 산골을 사랑했던 시인은 1995년까지 어엿하게 살았다. 그의 시들에는 새하얀 장지를 물들이는 희미하게 밝은 빛 같은 그늘이 있다. 그 그늘은 쓸쓸한 색깔을 띠고 있는 어두운 빛이라기보다는 밝고 청신하며, 청승맞기보다는 아취가 있는 그늘이다.

그늘에는 그늘의 미학이 있다. "아름다움이라는 것은 언제나 생활의 실제로부터 발달하는 것"이라고 믿은 한 일본 작가는 그늘에 대하여 이렇게 쓴다. "넓은 다다미방이었는데, 조그만 촛대의 등으로 비춘 넓은 방의 어두움은, 작은 다다미방의 어두움과는 짙기가 다르다. 마침 내가 그 방에 들어갔을 때, 눈썹을 깎고 이를 검게 한 삼십 대의 하녀가, 큰 장지 앞에 촛대를 놓고 무릎을 꿇고 앉아 있었고, 다다미 두 장 정도로 밝기가 한정된 장지 뒤편에는 천장에서 막 떨어질 것 같은 높고 짙은 오직 한 가지 색의 어두움이 드리워져 있었는데, 미덥지 못한 촛불이 그 두께를 뚫을 수 없어 검은 벽에 맞닥뜨린 것처럼 반사되어 나오는 것이었다. 여러분은 이런 '등불에 밝혀진 어둠'의 색을 본 적이 있는가. 그것은 밤길의 어둠과는 어딘가 다른 것이어서, 가령 한 알 한 알이 무지개색의 반짝임을 지닌, 미세한 재 같은 미립자가 충만해 있는 것처럼 보였다. 나는 그것이 눈속으로 들어오지는 않을까 하여 무의식중에 눈꺼풀을 깜박거렸다."[34] 그늘은 존재감이 약한 듯 희미한 듯하면서도 눈앞에 나타난다. 백석의 시는 "미세한 재 같은 미립자가 충만해 있는 것" 같은 그늘에의 경도傾倒를 굳이 감추려고 하지 않는다. 그늘은 생명에 대한 애련함과 맞물려 있다.

"가난한 내가 / 아름다운 나타샤를 사랑해서 / 오늘밤은 푹푹 눈이 나린다. / 나타샤를 사랑은 하고 / 눈은 푹푹 날리고 // 나는 혼자 쓸쓸히 앉어 소주를 마신다. / 소주를 마시며 생각한다 / 나타샤와 나는 / 눈이 푹푹 쌓이는 밤 흰 당나귀 타고 / 산골로 가자 출출히 우는 깊은 산골로 가 마가리에 살자 // 눈은 푹푹 나리고 / 나는 나타샤를 생각하고 / 나타샤는 아니 올 리 없다 / 언제 벌써 내 속에 고조곤히 와 이야기한다 / 산골로 가는 것은 세상에 지는 것이 아니다 / 세상 같은 건 더러워 버리는 것이다 // 눈은 푹푹 나리고 / 아름다운 나타샤는 나를 사랑하고 / 어데서 흰 당나귀는 오늘밤이 좋아서 응앙응앙 울을 것이다"

—백석, 「나와 나타샤와 흰 당나귀」 전문

가끔 백석 시집을 들춰보는데, 그때마다 시의 맑은 울림에 젖어들곤 한다. "산골로 가는 것은 세상에 지는 것이 아니다 / 세상 같은 건 더러워 버리는 것이다"라는 구절에서는 무릎이 탁, 하고 꺾인다. 백석 시집을 읽는 사람은 모국어의 원형을 만난다. 평북과 평안남도를 아우르는 풍부한 서북 방언들,

웅숭깊은 정서, "가난하고 외롭고 높고 쓸쓸"한 삶의 깊은 데로 꿰어 보고 나오는 그 내성의 목소리에 흠뻑 빠져들었다. 백석의 시는 표준어가 도무지 가 닿을 수 없는 아슬한 경지에 다다른다.

백석의 시를 소리 내어 읽어 보면 모국어의 맑은 울림 소리에 단박에 매혹당할 수밖에 없다. "더러 나줏손에 쌀랑쌀랑 싸락눈이 와서 문창을 치기도 하는 때도 있는데, / 나는 이런 저녁에는 화로를 더욱 다가 끼며, 무릎을 꿇어 보며, / 어니 먼 산 뒷옆에 바우섶에 따로 외로이 서서, / 어두워 오는데 하이야니 눈을 맞을, 그 마른 잎새에는, / 쌀랑쌀랑 소리도 나며 눈을 맞을, / 그 드물다는 굳고 정한 갈매나무라는 나무를 생각하는 것이었다."(백석, 「남신의주 유동 박시봉방」)라는 구절을 소리내서 읽어 보라. 그 활달한 소리값과 소박한 뜻이 하나로 포개져서 전달되는 절묘함에 무릎을 칠 수밖에 없다. 모국어의 맑은 울림 소리에 실어 보내는 시적 전언들은 감각의 갱신을 요구한다.

백석의 시들은 시각, 청각, 후각, 촉각, 미각을 비비고 두드려 깨운다. 그 오감의 흥겨움 속에서 시를 읽는 즐거움을 한껏 드높이는 것이다. 우리 가난한 마음의 밝은 푯대로 삼을 만한 "그 드물다는 굳고 정한 갈매나무"라는 이미지는 일찍이 미당이 적어낸, 이 어둡고 우중충한 세상을 단박에 화창하게 만드는 "우리 조카딸년들이나 그 조카딸년들의 친구들의 웃음판"(서정주, 「상리과원」)이라는 이미지와 견줘도 한 치도 빠지지 않는다. 마음에 두고 새길 만큼 어여쁘고 빼어나다.

시골에 내려와서 산 지 어느덧 열 손가락을 다 꼽아도 모자랄 만큼 세월이 지났다. 우연히도 이웃 농가에서는 고추 농사를 주로 지었다. 고추 농사는 병충해가 잦아서 쉽지 않은 일인데 그 난관을 이기고 빨갛게 익은 고추들을 따서 가을 금볕에 널어놓은 농가에서는 범용한 풍경을 바라보는 것도 가슴 벅찬 바가 있는 것이다. 해마다 고추를 따서 말리는 것을 지켜보다가 얻은 시가 바로 「태양초」다. "붉고 메마른 것이 / 우리에게 왔다. // 금엽金葉 햇빛을 쪽쪽 빨아먹고 / 혈소판마저 투명해졌구나. / 가난하고 천하면서 빳빳한 것, // 너는 본향을 잊었구나. // 비릿한 게 마르면 / 가슴 더 붉고 / 기억은 가벼워지는가!" 가을의 눈부신 금볕에 마르는 붉은 고추들의 신수가 훤했다. 그것들을 물끄러미 바라보다가 가난하고 천하면서 빳빳한 것들은 어디서

와서 이렇게 붉게 익어 가는가, 라고 뜬금없는 질문을 던져 보는 것이다. 「태양초」는 "나는 이 세상에서 가난하고 외롭고 높고 쓸쓸하니 살아가도록 태어났다 / 그리고 이 세상을 살아가는데 / 내 가슴은 너무도 뜨거운 것으로 호젓한 것으로 사랑으로 슬픔으로 가득 찬다"라는 백석의 절창에 바친 나의 오마주다.

바흐 바깥에서 생각하자

내가 고전음악에 심취한 것은 열일곱 살 무렵인데, 그즈음 주페의 〈경기병 서곡〉이나 차이코프스키의 〈1812년 서곡〉, 무소륵스키의 〈전람회의 그림〉 같은 표제음악을 주로 들었다. 1970년대 국영방송 라디오 프로그램 중에 클래식을 소개하는 시간이 있었는데, 나는 그 프로그램의 애청자였다. 자정 너머 벽을 넘어 들려오는 수정처럼 투명한 소리와 비통한 흐느낌이 한데 어울린 비탈리의 〈샤콘느〉에 귀를 기울이며 눈물을 흘리고, 강원도 영월의 한 국밥집에서 밥을 먹다가 만난 막스 브루흐의 〈콜 니드라이〉 때문에 국밥에 콧물과 눈물을 빠뜨린 적도 있다. 첫 연애에 실패하고 낙담 속에서 말러의 교향곡을 듣고 심장이 터질 듯한 환희심으로 다시 살아 보자고 마음을 굳게 먹은 적도 있다. 백수로 떠돌던 시절 신실한 그리스

동방정교회 신자처럼 음악 감상실을 날마다 찾아다니며 고전음악을 들었는데, 어느 순간 귀가 확 열리는 느낌이 왔다. 화성학이나 대위법 같은 음악 이론, 악보 읽는 법, 건반 운지법運指法 따위를 모르는 까막눈이였지만 차츰 교향악단 악기들 소리가 귀에 선명해지고, 그 많은 악기들이 만드는 화음의 아름다움이 명료하게 들어왔다.

스무 살 넘어 광화문의 '르네상스'나, 명동의 '필하모니', '티롤' 같은 곳을 드나들며 귀동냥을 하며 클래식을 듣다가 집에 쿼드 앰프에 탄노이 스피커를 조합한 오디오 기기器機를 들여놓은 것은 출판사를 경영하며 살림이 폈던 삼십대 중반이다. 얼마 동안 만사를 제쳐놓고 그 오디오 기기로 클래식을 듣는 일에 빠져 지냈다. 고전음악 명곡 음반들을 사 모으고 소리의 황홀경에 빠져 보낸 그 시절 내 마음은 여유롭고 낙관적이었다. 밥 먹는 것도 잊은 채 좋아하는 곡을 맘껏 들었던 그 시절이 감미로운 것은 분명 고전음악 덕택이다. 한두 해가 지나면서 그 자유도 시들해졌지만, 지금도 고전음악에 몰입하면 행복해진다.

사는 게 팍팍해지고 힘들 때 일을 손에서 내려놓고 바흐의 「파르티타」 전곡을 종일 들을 수만 있다면 내 인생의 10년쯤은 떼어 줄 수 있다는 생각을 한다. 바흐 곡을 관통하는 맑음에 영혼이 정화되는 듯한 기쁨은 젊을 때나 지금이나 여전하다. 이것저것 수집하는 벽들을 끊고, 단순하게 살려고 애를 쓰지만 그렇다고 바흐 음악의 즐거움까지 끊을 필요는 없었다. 바흐 음악은 '얼어붙은 건축'이다. 바흐의 곡들은 소리가 견고하고 수학처럼 명석해서 좋다. 바흐의 「무반주 첼로조곡」은 몇십 년이 흐른 지금에도 그 감미로움의 결이 만드는 감동의 파장은 신기하게도 변함없이 똑같다.

어느 날 책에서 '바흐 밖에서 생각하자Think outside the Bach'라는 구절을 만났다. 세스 고딘은 제프 리드라는 한 교향악단을 이끈 음악 감독의 이야기를 들려준다. 제프 리드는 소도시에서 오케스트라를 맡아 여섯 시즌을 보냈는데, 대다수 교향악단들이 줄줄이 파산을 하거나 적자를 보는 상황에서 승승장구를 했다. 그 비결은 무엇이었을까? 제프 리드는 청중들이 틀에 박힌 고전음악의 레퍼토리를 버거워한다는 걸 깨닫고, 한 연주회에서 베토벤과 비틀스를 함께 연주하는 파격을 선보인다.

베토벤의 장중한 교향곡 5번을 연주한 뒤 프로그램에 없던 비틀스의 〈예스터데이〉를 깜짝 연주한 것이다. 청중들은 그 파격에 어리둥절하다가 그 다음엔 즐거워하고 열광했다. 교향악단의 오랜 고정관념을 깬 파격에 청중들이 열광으로 화답한 것이다. 제프 리드가 이끄는 교향악단은 음악 장르를 넘나들며 연주하는 것으로 유명해지고, 그 뒤 연주회 때마다 청중들이 넘쳐난다.

'바흐 밖에서 생각하자'는 말은 '고정관념을 깨자Think outside the box'라는 말을 비튼 것이다. 다르게 생각하자! 작곡가 에릭 사티도, 건축가 안토니 가우디도, 팝아트의 선구자 앤디 워홀도, 애플의 창업자 스티브 잡스도 다르게 생각하기를 실천한 사람들이다. 이들은 낡은 생각의 틀에서 넘은 파격, 고정관념을 깨는 파괴, 전통에서의 일탈 끝에 열리는 '인식의 전환'이라는 놀라움을 겪고 그것이 산출하는 결과에 확신을 품었다. 그 확신이 성공으로 이끈 것이다. 낡은 세상은 다르게 생각하기를 실천하는 이들로 인해 더 젊어지고 새로워진다. 우리가 한치의 의심도 하지 않고 굳게 믿는 고정관념들을 내려놓으면 뜻밖의 신세계가 열린다! 나는 바이올린 여제 정경화의 '바흐

무반주 소나타와 파르티타'를 들을 때마다 '바흐는 바흐 밖에서 생각하자'라는 구절을 떠올린다. 문명은 문명 밖에서, 먹고 사는 것은 먹고 사는 일 밖에서! 인생은 인생 밖에서 생각하자!

살아 보니 그게 아니었다

파스칼이란 철학자는 이렇게 말했지. "우리는 자신의 존재 안에서 누리는 삶에 만족하지 못한다. 우리는 다른 사람의 마음속에 있는 상상의 삶을 갈망하며, 이러한 목적을 위해 온갖 노력을 다한다. 우리는 끊임없이 이 상상의 존재를 흠모하고 보존하며, 실재를 무시하기 위해 노력한다."[35] 나는 왜 내 삶에 만족하지 못했을까? 나는 왜 있지도 않은 상상의 존재를 흠모하느라, 눈앞에 있는 실재들을 가볍게 여겼는가?

살아 보니, 그게 아니었다. 나는 틀렸다. 우선 나를 천재라고 생각한 것이 틀렸다. 철없던 젊은 날, 나는 청춘의 한 본질인 과대망상에 기대어 내가 천재라고 착각하며 살았다. 그 망상이 부추기는 대로 오만하기까지 했으니, 지금 돌이켜 생각하면 소름이 오소소 돋는다. 사람들은 뒷전에서 얼마나 나를 비웃었을 것인가! 재능이 없는 줄도 모르고, 문학의 길에 뛰어들었다. 진작 깨닫고 집을 짓는 목수나 빵 굽는 직업을 가졌더라면 지금보다 더 나은 사람이 되었을 것이다. 나는 실수도 잦고, 재능은 보잘것없으며, 게다가 게으르기까지 했다. 인격도 부실하고, 자주 무력감에 빠졌다. 좋은 습관이나 품성을 갖추고자 결심은 자주 하지만 끝까지 가지 못했다.

뒤늦게 깨달았다, 반복되는 하루는 단 한 번도 없고, 인생도 두 번 되풀이 하지 않는다는 사실을. "두 번은 없다. 지금도 그렇고 / 앞으로도 그럴 것이다. 그러므로 우리는 / 아무런 연습 없이 태어나서 / 아무런 훈련 없이 죽는다."[36] 인생은 두 번 반복하는 일이 아니다. 그러니 하루하루를 성실하게 살아야 한다. 하루하루가 모여서 삶이 되고, 그 하루라는 자원은 무한정한 게 아니다.

다행이다, 뒤늦게라도 깨달았으니! 재능의 모자람을 벌충하기 위해 하루에 여덟 시간을 쓰고, 열 시간 넘게 무수한 책들을 읽었다. 새벽에 일어나 종일 읽고 썼다. 어깨가 탈이 나는 것

인생은 두 번 반복하는 일이 아니다.

그러니 하루하루를 성실하게 살아야 한다.

하루하루가 모여서 삶이 되고,

그 하루라는 자원은 무한정한 게 아니다.

도 모를 정도로 미욱하게 쓰는 일에 매달렸다. 밖으로 뛰쳐나가 사람들과 어울리고 노는 대신에 날마다 책을 읽고 글을 썼으니, 아마도 나는 조금씩 나아졌을 것이다. 천만다행이다, "살아가는 것은 노동이다. 노동과 삶은 하나"[37)]라는 것을 뒤늦게라도 깨닫고, 꾸역꾸역 쉬지 않고 읽고 썼으니!

둘러보면, 주위에 천재들이 즐비하다. 여기도 천재, 저기도 천재! 새들은 음계와 발성법을 배우지 않고도 노래를 한다. 벌이나 거미는 건축학을 전공하지도 않고 설계 도면 한 장 그리지 않고도 제가 살 집을 완벽하게 짓는다. 건축가들은 벌집의 구조를 보고 그 완벽함에 혀를 내두른다. 한 점의 재능도 낭비 없이 사는 천재들은 따로 있다. 봄의 벌레들, 가을의 뱀들! 이들은 타고난 천재에다 게으름도 모른다. 이들은 계절의 순환에 적응하고, 들고나는 때를 기막히게 알아서 행동한다. 그 자체로 완벽하고 아름다워서 늘 나를 감탄하게 하는 것은 따로 있다. 봄날 모란꽃 피는 것, 가을날 하늘을 무리지어 나는 새들! 어찌 내 한 줌의 재능이 그들의 발치에라도 미치랴! 그들이야말로 미련퉁이에 지나지 않는 내가 마음으로 흠모하고 섬기는 참 스승들이다.

푸른 하늘을 보며 살자

개는 푸른 하늘을 쳐다본 적이 없다. 먹을 것이 아니기 때문에 개는 푸른 하늘 따위는 아예 거들떠볼 생각조차 하지 않는다. 먹고 사는 일의 다급함에 몰려 그것만이 유일한 가치요 관심사가 되어 버린 실용주의가 득세하는 사회에서는 '푸른 하늘'에 눈길을 돌리는 짓은 사치스런 행위로 매도당한다. 물론 먹고 사는 일이 중요한 것임에는 틀림없지만 삶은 그것으로 충분하지가 않다. 돈 버는 일이 중요하지 않다고 말할 생각은 눈꼽만큼도 없다. 살아가는 데 돈이 필요하지만 돈으로 대신할 수 없는 가치들도 있는 것이다. 그리고 그 가치들을 멸시하고 짓뭉갤 만큼 돈이 중요하지는 않다.

일부 대학교에서 벌어지는 인문학과 통폐합 소동이 한심했던 것은 돈 되는 것의 가치가 그 이외의 다른 가치를 압도한다는 천박한 발상 때문이다. 인문학은 인간이란 무엇인가를 묻고, 어떻게 인간답게 살 것인가를 따진다. 헌데 대학이 취업률의 잣대를 들이밀어 인문학과의 통폐합에 속도를 냈다. 그것은 대학 스스로 제 존재 이유를 부정하는 몰지각의 극치다. 살아 보니, 사람은 실용성만을 추구하며 사는 존재가 아니다. 그렇게 살면 안 된다. 당장 돈이 되는 것들은 아니지만, 깊은 사색, 상상력, 창의력, 타자에 대한 이해, 진리에 대한 갈망, 교양 따위는 풍요롭게 사는 데 필요한 덕목이다. 이런 덕목과 가치를 되새기고 길러 주는 게 인문학이다. 그것을 깡그리 부정하고 외면하는 사회는 황폐화되고, 결국은 공멸로 떨어진다.

돌아보니, 나 역시 돈을 좇고 소유에 집착했다. 한국전쟁 뒤 태어난 베이비 붐 세대들이 다 그랬듯이 나 역시 평수가 더 큰 아파트를 사고, 더 좋은 차를 사려고 아등바등 돈을 벌었다. 남을 돕는 일에는 인색하게 굴고, 더 큰 것을 바라고, 더 많은 것을 움켜쥐려고 했다. 옷장에 옷들이 가득 찼지만 막상 계절이 바뀔 때마다 입을 옷이 없었다. 많은 것들을 모았으나 정작 긴요하게 쓸 것들은 많지 않았다. 생각해 보나마나, 바보 같은 짓

이다. 물질을 낭비하고, 인생을 낭비했다. 어리석게도 인생이 여러 번 되풀이 하는 것처럼 살았던 것이다.

물질의 양적인 증대를 위해 달려가는 사람에게 삶을 향유할 시간은 늘 부족하다. 부질없는 것들을 좇느라 시간이 먼지처럼 부서져서 흩어져 버리는 까닭이다. 그 질주, 그 맹목의 추구를 멈추고 바라보자. 2천 년 전, 말 구유에서 태어난 한 성인은 평생을 홈리스로 살았다. 영국의 시인이자 평론가인 G.K. 채스터턴은 집없이 살았던 그 이를 기리며 이런 시를 썼다. "짐승들이 여물 먹고 침 흘리는 곳 / 그 누추한 구유에서 태어난 아기 / 그가 집을 갖지 않는 곳에서만 / 그대와 나는 집을 얻네 / 우리의 손으로 무언가를 만들고 머리로는 생각하지만 / 그러나 우리는 잃어버렸네, 오래전에, 우리의 가슴을." 우리가 가진 집, 돈, 명예, 지위, 권력 따위는 우리가 잘났기 때문이 아니라 누군가 그것을 우리에게 양보한 덕분이다. 집을 차지한 대신에 무엇을 잃어버렸는가를 돌아보자. 집은 커졌지만 인격은 더 작아지지 않았는가? 더 많은 물건을 사들이고 쓰지만 마음은 더 가난해지지 않았는가? 인류는 38만 4,400킬로미터 떨어진 달에 다녀왔지만 이웃과의 거리는 더 멀어지지 않았는가?

한밤중 길을 걸을 때 중요한 것은 다리도 날개도 아닌 곁에서 걷는 친구의 발소리다. 발터 벤야민의 말이다. 한밤중 캄캄한 길 위에서 바로 내 곁에서 걷고 있는 친구의 발소리는 얼마나 큰 위안이 되었던가! 어디로 가는 것인지도 중요하겠지만, 누가 우리 곁에서 걷고 있는지를 돌아보는 일도 중요하다. 돈, 권력, 지위, 명예도 중요하겠지만 그것만이 중요하다고 말하는 것은 옳지 않다. 먹고 사는 것과 상관없더라도 가끔은 들길을 걷고 푸른 하늘을 바라보자. 한밤중 곁에서 걷는 친구의 발소리에 귀를 기울이고, 밤하늘에 가득 뜬 별들을 바라보는 마음으로 시집도 읽고, 음악회도 가고, 연극도 보며 살자.

지구는 큰일났다

종이에 대한 내 기억은 주로 책과 관련되어 있다. 책 읽기를 좋아하고, 젊은 시절 출판 편집자로 사회생활에 첫발을 딛고, 나중에 출판사를 경영하고 지금은 책 쓰는 사람으로 산다. 내 인생은 독자에서 편집자로, 다시 저자로 흐름이 바뀌는 세 번의 변화를 겪었다. 이 셋을 이어 주는 게 책이고, 책의 기초 재료가 바로 종이다.

나는 종이책을 좋아한다. 종이의 물성이 갖는 따뜻함과 부드러움이 좋다. 예전 습작할 때 쓰던 원고지에 대한 기억도 아련하다. 아무것도 씌어 있지 않은 하얀 종이를 볼 때마다 가슴이 설레곤 했다. 백지는 무한한 창조를 위한 여백이니까. 그래서 여전히 공책 사는 것, 공책에 무언가 쓰는 것을 좋아한다. 종이

는 내 글쓰기의 시작점이다. 아무것도 쓰여 있지 않은 종이와 연필은 사유의 여백이고, 미지의 영역이다. 종이에 연필이 닿을 때 까슬까슬한 느낌, 연필이 종이와 닿아 일어나는 마찰은 늘 기분을 좋게 만든다. 하얗고 매끈한 종이보다는 갱지나 재생 종이가 종이의 물성을 더 잘 드러내고 글도 더 잘 써진다.

따지고 보면 종이에 대한 유년기의 기억은 별 게 없다. 나는 농촌에서 나서 자랐는데, 농촌에는 종이가 귀했다. 신문지 조각도 없었다. 아마 종이라고 의식하고 만난 것은 초등학교 입학해서 받은 교과서다. 옛날 국회의원들이 찍어 돌린 한 장짜리 달력, 그리고 누렇게 바랜 벽지 같은 것이 종이에 대한 첫 기억이다. 종이의 기억이 박약한데, 종이를 많이 쓰는 운명을 갖고 살게 될 줄은 꿈도 꾸지 못했다. 운명의 아이러니를 느낀다. 책을 만들고 책을 쓰는 일은 필연적으로 종이를 많이 쓰는 일이다. 그런 일을 하다 보니 종이를 만들려고 남벌되는 원시림에 대한 죄책감 같은 것이 밑바닥에 깔려 있다. 날마다 숲을 사라지게 하는데 일조하고 있다는 사실에 뜨끔하다.

어린 시절 살던 시골은 완전 들판이었다. 너른 들밖엔 아무것도 볼 게 없는 농촌, 나지막한 언덕이 있고 끝 간 데까지 들판이 펼쳐진 곳이 내 고향이다. 마을 곳곳에 대숲이 있었는데, 대숲에 대한 아련한 기억들이 참 좋다. 바람에 사운거리는 소리, 큰 바람이 일 때 대숲 일렁이는 소리는 특별한 청각적 경험이었다. 바람에 일렁이는 대숲 소리는 묘하게 내 무의식과 상상력을 자극한다. 한 십여 년 전 시골로 이사했을 때 꿈 가운데 하나가 대숲이 있는 집에 사는 거였다. 그래서 대나무를 심었다. 안성은 추운 곳이라 대나무들은 겨울을 나지 못하고 죽었다. 이번에도 조릿대와 대나무를 옮겨 심어 놨다. 잘 버텨 주기를 바랄 따름이다.

숲을 싫어하는 사람들은 없을 것이다. 숲은 사람들에게 정서적 안정, 큰 기쁨, 치유를 준다. 숲과 가까이 접하고 사는 사람과 그렇지 않은 사람 사이의 정서적 안정감에는 큰 차이가 있다. 숲은 사람을 조금 더 평화롭게 만든다. 숲은 지친 마음을 순화시키고 정신과 마음의 병을 치유하는 힘도 있다. 지금 사는 집은 산자락 밑이고, 집 가까이에 밤나무 수천 그루가 자라고 있다. 서울 살림을 접고 시골로 이사 왔을 때 누린 마음의 평화는 나를 둘러싼 숲이 준 선물이다. 숲이 준 위안과 치유는 말로 다 할 수 없을 정도다. 내가 그 전보다 조금 더 너그러워지고 여유가 있는 사람으로 변했다면 그것은 오로지 숲이 내 마음에 일으킨 기적이라고 할 수 있다.

헨리 데이비드 소로는 『월든』에서 "나는 숲으로 갔다. 천천히 살며 오직 삶의 본질만 마주하고 삶이 내게 가르쳐 준 것 중에서 배우지 못한 것은 없는지 살펴보기 위해서, 마침내 죽게 되었을 때에야 제대로 살지 않았다는 것을 깨닫지 않기 위해서 나는 숲으로 갔다"고 했다. 내가 숲을 사랑하는 것도, 숲과 가까이 있는 시골의 삶을 기꺼워하는 것도 마찬가지다. 삶의 정수를 받아들이고 깊고 품위 있는 삶을 살기 위한 것이다. 숲에 들면 영혼이 순화되고 안정되고 평화롭다. 시골에서 살면서 그동안 수천 그루의 나무를 벌목하는 데 관여한 죄책감으로 해마다 나무를 많이 심었다. 그러면서 나무에 대한 공부도 하게 되었다. 대추나무 감나무 살구나무 배나무 복숭아나무 앵두나무 매실나무 같은 유실수를 심고, 단풍나무 꽃사과나무 구상나무 주목 소나무 명자나무 영산홍 해당화 같은 나무도 열심히 심었다. 나무를 심는 것은 책을 만들면서 많은 나무들을 베어 내는 데 일조했다는 것에 대한 일종의 속죄하는 마음 때문이었다.

안성의 서운산이나 칠현산을 자주 찾는데, 완만한 높이를 가진 이 산들은 숲이 잘 보존돼서 울울창창하다. 주말에는 배낭을 매고 숲속으로 들어간다. 가끔 산길을 걷다가 숲으로 들어가 자리 펴 놓고 땅에 등을 대고 눕는다. 나와 땅과 나무들이 우주 안에서 일체라는 느낌이 든다. 숲이 주는 기쁨, 치유의 힘에 대한 글을 써 보려고 준비하고 있다.

항상 '종이가 숲이다'라는 생각을 한다. 종이를 덜 소비하는 게 숲을 살리는 길이다. 종이를 함부로 생각 없이 쓰지 않으려고 노력한다. 신문지에 딸려 오는 광고지들도 그냥 버리지 않는다. 메모하거나 초고를 쓸 때 안성맞춤이다. 한 번 사용한 종이는 버리지 않고 모았다가 반드시 이면지로 활용한다. 되도록 재생 용지로 된 종이를 쓰고, 재생 종이가 가진 의미가 좀 더 확산되었으면 한다.

출판사들이 재생 종이를 잘 안 쓰는 경향이 있지만, 재생 종이를 써도 괜찮은 책들이나 재생 종이가 더 어울리는 책들을 낼 때는 적극적으로 제안해 볼 생각이다. 책을 낼 때 어떤 종이를 쓸 것인가는 출판사의 판단에 맡기지만, 앞으론 재생 종이

출판을 확산하는 데 힘을 보탤 생각이다.

시골에 이사 온 뒤 늘 부딪히는 문제가 풀이다. 시골 생활은 풀과의 싸움이라고 하는데, 조금만 게으름을 부리면 마당과 텃밭이 온통 풀로 뒤덮이고 만다. 주변에서 왜 제초제를 쓰지 않느냐고, 한 번 뿌리면 풀을 금방 잡을 수 있는데 이해할 수 없다는 투로 말한다. 하지만 제초제가 땅과 물을 어떻게 오염시키는지 잘 알기에 그렇게 하지 않는 것이다. 이제는 풀이 자라면 자라는 대로 그냥 둔다. 풀과 싸우는 게 아니라 공생하는 것이다. 그러다가 풀이 지나치게 무성해지면 두세 차례 예초기로 깎는다. 텃밭을 일굴 때도 퇴비를 만들어 쓴다. 유실수를 많이 심었는데 농약을 하지 않으면 열매를 거두지 못한다. 벌레가 이만저만한 게 아니기 때문이다. 그래도 농약은 쓰지 않는다. 그래서 농약 안 써도 되는 대추나 감 같은 과수에서만 수확한다.

생활 속에서 지구 환경을 보존하는 데 도움될 만한 것들을 실천하려고 노력한다. 집안에서 나오는 음식물 쓰레기 같은 것은 거름으로 만들어 자연으로 돌려보내고, 에어컨보다는 선

풍기 쓰려고 하고, 도서관을 이용하는 편이다. 물건을 아껴 쓴다든지, 재활용하는 건 누구나 하는 일이다. 이런 것들이 결국 지구 자원을 아끼고 덜 소비하는 실천이라고 생각한다. 나는 무엇보다 작가로서 책을 내기 때문에 숙명같이 종이를 쓰면서 사는 사람인데, 꼭 필요한 책만 내려는 노력이 필요하다고 생각한다. 나무와 숲에 늘 빚을 지고 있다는 생각을 하면서.

시골에 내려온 뒤 노자와 장자 철학을 공부하면서 생태주의적 사고가 더 깊어졌다. 환경 문제, 생태 문제가 삶의 진지한 화두가 되었다. 사람들이 어여쁜 삶을 사는 데 무엇이 필요한지를 자각하고 실천하는 데 내가 어떻게 기여할 수 있나 늘 생각한다. 글을 쓸 때 기본 바탕에 그런 생각이 깔린다. 화석연료로 만드는 에너지를 덜 쓰는 실천이 무엇보다 중요하기 때문이다. 지구온난화 문제라든지 물과 땅, 대기오염에 대해 말은 많이 하지만, 생활과 의식 사이의 간극은 크다. 더우면 거의 자동적으로 에어컨을 켠다. 그러면 금세 더위와 습기로 지친 몸이 쾌적해지니까. 앎이 곧 행동으로 이어지도록 모두가 노력해야 한다. 이런 문제들을 자각하지 못하고 물도 에너지도 함부로 쓰는 것이 문제다. 지구 자원은 한정되어 있는데 마치 무

제한 공급되는 것인 양 소비하면 지구는 더 빨리 황폐해질 것이다. 기후변화 같은 환경 역습을 받고 있는 것은 인류의 어리석고 오만한 생활 방식이 불러온 자업자득이다. 노자나 장자가 얘기했듯, 자연에 대한 공손함이 필요하다. 우리는 자연의 주인이 아니라 그 일부이기 때문이다. 사람이 인격을 가졌듯 자연에도 그런 무엇이 있다. 이는 사람이 가져야 할 바탕이 되는 책무라고 생각한다.

살다 보면 한 사람이 살아가는 데 얼마나 많은 쓰레기가 나오는지, 쓰레기를 버릴 때마다 반성하곤 한다. 모든 상품들이 과잉 포장돼 있는데, 환경 문제에 대한 기업들의 인식이 너무 낮다. 개인도 그렇지만 기업들이 먼저 변화해야 하지 않을까. 개인적으로 자연에 가까운 것, 가공되지 않은 것을 주로 먹으려고 노력한다. 공교육 과정에서 이런 환경, 생태 문제에 대한 바른 생각을 심어 주는 계몽과 교육이 더 필요하다. 소비자들이 먼저 각성하고, 환경 문제에 대한 배려가 전혀 없는 기업의 제품에 대한 불매 운동을 한다든지 하면 기업들의 변화를 좋은 방향으로 이끌어 낼 수 있다고 생각한다.

사람들이 불편함을 조금 더 받아들일 수 있어야 한다. 아

직도 한국 사회의 환경 의식은 많이 낮은 편이다. 늘 그런 것이 안타깝다. 기회가 주어지는 대로 그런 것들에 대한 글을 쓸 생각이다. 나중에 환경, 생태 문제를 다루는 책들을 소개하는 글을 쓰고 싶다. 사람들이 쉽게 생태 환경 분야에 다가갈 수 있는 길잡이 역할을 할 수 있을 것이다.

우리 사회는 아이엠에프를 겪고 유동성 위기를 겪은 뒤 이 사회를 휩쓰는 실용주의로 쏠리고 있다. 환경, 생태 문제는 그 다음이라는 생각을 갖고 있다. 한 마디로 절박성이 없는 것이다. 그러면서도 사람들은 '웰빙'을 얘기하고, 질병에 대한 두려움을 말하고 한편으로 건강하게 살고 싶어 한다. 하지만 환경의 건강성과 개인 건강이 따로 있는 게 아니다. 환경이 병들면 우리도 병들고, 환경이 건강하면 우리도 건강하다. 그게 따로 있는 게 아니라 밀접하게 연동하며 움직이는데, 우리 의식이 거기까지 미치지 못하는 데 문제가 있는 것이다. 당장의 필요와 욕구에 따라 움직이는 삶, 천박한 실용주의가 퍼져 나가면서 환경에 대한 의식이 더 엷어진 것은 우려할 만한 사태다.

우리 하나하나가 물방울 같은 실천을 통해 모이면 시내가 되고 강물이 된다고 생각한다. 이게 하나의 흐름이 되어야 하는 것이다. 녹색 의식이 강물처럼 흐른다면 사회와 세계를 바꿀 수 있다고 본다. 이 사회에 퍼져 있는 반생태, 반환경의 물줄기를 꿰뚫어 보고 우리가 속지 않고 살아가는 법을 알아차려야 한다.

모란꽃 수명은 짧고
별들은 궁륭에서 벌 떼처럼 붕붕거린다.
방울새는 땅에서 알을 품고
뱀장어 치어들은 봄강을 거슬러 오른다.
늙은 어머니가 새벽에 깨서
빗자루로 마당을 쓰는 동안
밀실에서는 육해공군의 머릿수와
야포와 장거리 미사일을 대폭 늘리려고
머리를 맞댄 채 긴 회의를 한다.
그들은 결심을 하면
서류마다 서명을 한다.
적란운과 별똥별과 오솔길은 모르고
단것과 뇌물과 회의에
빠진 사람들은
계속 늘고 있다.

지구는 큰일났다!

— 졸시, 「절벽」 전문(시집 『절벽』, 세계사, 2007)

세계 평화를 지키는 것은 새벽에 깨어나 마당을 쓰는 늙은 어머니들이다. 반면에 밀실에서 군인들을 증강시키고 군수물자와 무기들을 늘려 비축하는 회의를 하고 결정을 내리는 자들은 그 구실로 평화를 내세우지만, 그 증강의 본질은 더도 덜도 아닌 '전쟁'이다. 세상은 '적란운과 별똥별과 오솔길'을 사랑하는 사람들과 '단것과 뇌물과 회의'에 빠진 사람들로 나눌 수가 있다. 앞서의 사람들이 지구 자원을 사랑하는 착한 생태주의자들이라면, 뒤의 사람들은 지구 자원을 개발이라는 이름으로 파괴하려는 사람들이다. 뒤의 사람들 때문에 지구는 유례없는 온난화와 기후변화를 겪고 있다. 문제는 뒤의 사람들이 자꾸 더 많아진다는 것이다. 그것은 더 많은 자연들이 사라질 수밖에 없는 지구의 어두운 미래를 보여 주고 있다. "지구는 큰일났다!"는 마지막 구절은 지구 생태계에 켜진 위기의 경고등이다.

미주

1) 호사카 다카시, 『낭비 없는 삶』, 박현정 옮김, 중앙북스, 2013, 52쪽.
2) 도미니크 로로, 『심플하게 산다』, 김성희 옮김, 바다출판사, 2013, 40쪽.
3) 호사카 다카시, 앞의책, 54쪽.
4) 다카무라 토모야, 『작은 집을 권하다』, 오근영 옮김, 책읽는수요일, 2013, 14쪽.
5) 다카무라 토모야, 앞의 책.
6) E.F. 슈마허 외, 『자발적 가난』, 이덕임 옮김, 그물코, 2003.
7) E.F. 슈마허 외 지음 / 골디언 밴던브뤼크 엮음, 『자발적 가난』, 이덕임 옮김, 그물코, 2003, 243쪽.
8) E.F. 슈마허 외 지음 앞의 책, 317쪽.
9) 호사카 다카시, 앞의 책 60쪽.
10) 리처드 파넥, 『4퍼센트 우주』, 김혜원 옮김, 시공사, 2013.
11) 김윤성, 『그림으로 이해하는 생태사상』, 개마고원, 2009, 183쪽.
12) 헬렌 니어링, 『아름다운 삶, 사랑 그리고 마무리』, 이석태 옮김, 보리, 1997, 186쪽.

13) 헬렌 니어링, 앞의 책, 222쪽.

14) 구스타브 페히너, 「죽은 뒤의 삶」, 1836. 여기서는 헬렌 니어링, 앞의 책, 223쪽에서 재인용.

15) 레기네 슈나이더, 『소박한 삶』, 조원규 옮김, 여성신문사, 2002.

16) 존 그레이, 『하찮은 인간, 호모 라피엔스』, 김승진 옮김, 이후, 2010, 22쪽.

17) 레기네 슈나이더, 2002.

18) 호사카 다카시, 앞의 책, 184쪽.

19) E.F. 슈마허 외 지음 / 골디언 밴던브뤼크 엮음, 『자발적 가난』, 이덕임 옮김, 그물코, 2003, 192쪽.

20) 오태환, 앞의 책(책 제목 확인), 14~15쪽.

21) 비스와바 쉼보르스카, 『끝과 시작』, 최성은 옮김, 문학과지성사, 2007, 198쪽.

22) 크리스티안 생제르, 『우리 모두는 시간의 여행자이다』, 홍은주 옮김, 다른세상, 2012, 44쪽.

23) 디오게네스, 도미니크 로로, 『지극히 적게』(이주영 옮김, 북폴리오, 2013.)에서 재인용.

24) E.F. 슈마허 외 지음, 앞의 책에서 재인용.

25) 간디는 이렇게 말한다. “어떤 문명이든지 복잡함에서 단순함으로, 그러니까 생활과 사고의 단순함으로 의식 전환을 이루기 전까지는 완성된 문명이라고 볼 수 없다.” 『자발적 가난』에서 재인용.

26) 장자, 『장자』, 오강남 풀이, 현암사, 2003, 111쪽.

27) 장자, 앞의책, 126쪽.

28) 피에르 쌍소 외, 『게으름의 즐거움』, 함유선 옮김, 호미, 2003.

29) 파블로 네루다의 『질문의 책』의 한 구절이다. “어디에서 도마뱀은/꼬리에 덧칠할 물감을 사는 것일까//어디에서 소금은/그 투명한 모습을 얻는 것일까//어디에서 석탄은 잠들었다가/검은 얼굴로 깨어나는가//젖먹이 꿀벌은 언제/꿀의 향기를 맨처음 맡을까//소나무는 언제/자신의 향을 퍼뜨리기로 결심했을까//오렌지는 언제/태양과 같은 믿음을 배웠을까//연기들은 언제/공중을 나는 법을 배웠을까//뿌리들은 언제 서로 이야기를 나눌까//별들은 어떻게 물을 구할까/전갈은 어떻게 독을 품게 되었고/거북이는 무엇을 생각하고 있을까/그늘이 사라지는 곳은 어디일까/빗방울이 부르는 노래는 무슨 곡일까/새들은 어디에서 마지막 눈을 감을까/왜 나뭇잎은 초록색일까//우리가 아는 것은 한 줌 먼지만도 못하고/짐작하는 것만이 산더미 같다/그토록 열심히 배우건만/우리는 단지 질문하다 사라질 뿐”.

30) 탠슬리, 『그림으로 이해하는 생태 사상』(김윤성, 개미고원, 2009)에서 재인용.

31) 막스 피카르트, 『인간과 말』, 배수아 옮김, 봄날의책, 2013, 146쪽.

32) 장조 · 주석수, 『내가 사랑하는 삶』, 정민 옮김, 태학사, 2001, 222쪽.

33) 니코스 카잔차키스, 『그리스인 조르바』, 이윤기 옮김, 열린책들, 177쪽.

34) 다니자키 준이치로, 『그늘에 대하여』, 고운기 옮김, 눌와, 2005

35) E.F. 슈마허 외 지음, 앞의 책, 261쪽.

36) 비스와바 쉼보르스카, 앞의 책, 34쪽.

37) 헨리 데이비드 소로, 앞의 책, 170쪽.

단순한 것이 아름답다

초판 1쇄 발행일 2016년 7월 27일
13쇄 발행일 2024년 12월 1일

지은이·장석주
펴낸이·김종해

펴낸곳·문학세계사
주소·서울시 마포구 신수로 59-1(04087)
대표전화·02-702-1800 팩시밀리·02-702-0084
이메일·mail@msp21.co.kr
홈페이지·www.msp21.co.kr
페이스북·www.facebook.com/munsebooks
출판등록·제21-108호(1979.5.16)

ISBN 978-89-7075-822-0 03810

이 도서의 국립중앙도서관 출판예정도서목록(CIP)은 서지정보유통지원시스템 홈페이지(http://seoji.nl.go.kr)와 자료공동목록시스템(http://www.nl.go.kr/kolisnet)에서 이용하실 수 있습니다.(CIP제어번호:CIP2016017098)